Tidiane Karaguera
Marc Fernandez

GOUTTE D'OR CONNEXION

Flammarion

978-2-0804-6776-8

La collection Samurai donne la parole à de jeunes écrivains et artistes, notamment dans le domaine du rap, de la culture urbaine et de la pop culture, pour exhumer des histoires du réel et les faire raconter par celles et ceux qui les ont vécues.

Tidiane Karaguera, dit « Tess », fan de mangas et de jeux vidéo, a grandi dans le quartier de la Goutte d'Or/Barbès, dans le 18e arrondissement de Paris. Après une vie semée d'embûches, il souhaite, avec ce livre, faire de la prévention, notamment auprès des plus jeunes, en les mettant en garde contre les mirages du narcotrafic.

Marc Fernandez, co-auteur, est né en 1973. Journaliste, il a travaillé durant douze ans pour *Courrier international*. Passionné de roman noir, il a ensuite cofondé la revue *Alibi*, consacrée au monde du crime et du polar, dont il était le rédacteur en chef. Il est notamment l'auteur d'une trilogie hispanique : *Mala Vida* (2015), *Guérilla Social Club* (2017), *Bandidos* (2018). Son dernier roman, *Heroïna*, est paru en 2023.

AVERTISSEMENT

Toute ressemblance avec des faits et des personnages existant ou ayant existé n'est pas purement fortuite et n'est pas le fruit d'une pure coïncidence.

Tout ce qui suit est vrai à 100 %. Seuls les noms, prénoms et surnoms de certains personnages ont été modifiés, afin de garantir leur sécurité en préservant leur anonymat.

« La vérité est toujours plus
surprenante que la fiction, parce
que la fiction doit coller à ce qui est
possible, alors que la vérité, elle,
n'y est pas obligée. »

Mark Twain

BANDE-SON

Pour mieux apprécier cette histoire vraie, branchez-vous sur cette playlist. Des titres que Tess écoutait, qui l'ont suivi tout au long de sa vie. Comme la bande originale de cette époque…

A Milli, Lil Wayne
À chaque jour suffit sa peine, Nessbeal
Comme moi, Alpha 5.20
Dans ma rue, Doc Gyneco
Dipset Anthem, The Diplomats
Génération sacrifiée, Rohff
Hustler's Ambition, 50 Cent
I'm Ready, The Diplomats
La Lettre, Lunatic
Le mal qu'on fait, Alpha 5.20
Le maton me guette, Passi

GOUTTE D'OR CONNEXION

On pense tous monnaie, monnaie, Scred Connexion
Nés sous la même étoile, IAM
Petit Frère, IAM
Première Fois, TLF
Say Something, Drake
Et si… ?, Lady Laistee
We Fly High, Jim Jones

PROLOGUE

Des cris. Des bruits bizarres. L'homme à côté de moi n'a pas l'air surpris par ce qu'il entend. Lui, il sait ce qu'il se passe derrière la porte de ce garage de la banlieue parisienne dans lequel il m'a donné rendez-vous. Il s'appelle Da Silva, il me regarde du coin de l'œil, le sourire aux lèvres. La seule chose qu'il m'a dite, c'est qu'il fallait que je l'accompagne car quelqu'un devait de l'argent à son patron, que je connais et qui m'a fait un petit cadeau il y a peu de temps. Mais je sais qu'il est empoisonné. « Gratuit, c'est trop cher », c'est ce qu'on dit dans la rue. Je n'ai donc pas vraiment eu le choix, j'ai été obligé de le suivre. Je n'en mène pas large, d'autant que je ne sais pas trop pourquoi il a tenu à ce que je vienne avec lui. Moi, à la base, je me contente de vendre de la « sess » comme on dit (de la drogue), pas de participer à des règlements de comptes. J'ai l'impression que c'est une sorte de test qu'il veut me faire passer.

La porte s'ouvre. Le choc. Au centre du hangar, un banc de massage. Allongé et attaché dessus, un type plutôt mal en point. Il doit être là depuis plusieurs heures : il porte des traces de coups sur le visage, des larmes coulent le long de ses joues tuméfiées. Un autre gars se tient debout à ses côtés et lui enfonce un bâillon dans la bouche pour qu'il se taise. Da Silva s'approche et me fait signe de le suivre.

— Tu vois, ce type doit pas mal de fric à mon boss et il ne veut pas payer. Il va falloir qu'on passe aux choses sérieuses…

Da Silva lui arrache le morceau de tissu qu'il a dans la bouche et lui demande une dernière fois :

— Alors, tu peux payer ou pas ?

Le pauvre type se remet à hurler, à implorer un délai supplémentaire pour régler sa dette.

— J'ai besoin d'encore un peu de temps, je t'en supplie. Je vais payer, mais je ne peux pas tout de suite !

— On t'a déjà laissé beaucoup de temps, mon chef a été très patient. C'est maintenant, sinon…

— Noooon, pitié ! Ne me faites pas de mal ! Je vous promets que je vais trouver l'argent, laissez-moi partir et…

— Ta gueule ! Ça fait des semaines que tu dis ça, alors maintenant, on change de méthode. On a été gentils jusque-là, on va te montrer qu'on peut aussi être très méchants ! Tu as déjà eu un petit aperçu depuis hier, mais on va augmenter la dose pour que tu comprennes bien le message qu'on ne la fait pas à l'envers à mon patron…

Da Silva se tourne vers moi et me demande, m'ordonne plutôt, de me positionner de l'autre côté du banc. Je m'exécute. Pas trop le choix.

— Tous les deux, vous le tenez bien fermement, je ne veux pas qu'il bouge. Remettez-lui le bâillon, sinon il va ameuter tout le quartier.

Da Silva s'éloigne vers le fond du garage. Je ne comprends pas ce qu'il fabrique, mais je le vois revenir avec un chalumeau et un seau en fer dans lequel j'aperçois un gros rat. Dans ma tête, les idées se bousculent. Non, il ne va pas faire ça, ce n'est que dans les séries qu'on voit ce genre de trucs… Je commence à me sentir mal. Le gars sur le banc tente de se débattre et nous faisons de notre mieux pour qu'il reste immobile. Il transpire à grosses gouttes, gémit à travers son bâillon, ouvre de grands yeux quand Da Silva pose le rat sur son ventre et retourne le seau dessus. On entend la bestiole prise au piège qui tente de s'échapper, j'ai du mal à contenir les mouvements de plus en plus paniqués du type, surtout quand l'homme de main commence à chauffer le seau. Entre le souffle du chalumeau, le bruit que fait le rat pour tenter de sortir de la fournaise dans laquelle il est bloqué et les gestes désespérés du gars sur le banc pour se dégager, j'ai l'impression d'être plongé dans un cauchemar.

Je ne sais pas ce qui est le pire : l'odeur insupportable de brûlé et de sang séché qui me donne la nausée ou les hurlements, les cris du gars qui le supplie d'arrêter. Ou d'imaginer le rat tenter de creuser un trou dans le bide du mec pour trouver une issue de secours. Une chose est sûre, je ne tiens pas longtemps et me voilà à l'extérieur de ce garage où je viens de vomir mes tripes. Ma respiration est saccadée, j'ai du mal à reprendre mon souffle, je suis en nage, mes mains tremblent, j'ai mal aux bras. Putain, dans quelle galère je me suis encore embarqué ? Voilà ce que je me dis une fois que mon corps a fini de sortir tout ce qu'il avait à lâcher. Appuyé contre un mur, je devine les gémissements de la victime qui, même avec la bouche entravée, supplie ceux qui le torturent. C'en est trop pour moi. Je décide de partir, de retourner chez moi, à la Goutte d'Or. Je laisse derrière moi ce fichu hangar, traumatisé. Je ne demande pas mon reste et je me casse. En espérant tout de même que le pauvre mec s'en sortira. J'en doute, mais j'essaie de me persuader qu'ils vont finir par le libérer. Mal en point, mais vivant. En réalité, je n'ai plus jamais entendu parler de lui et je ne sais pas si Da Silva l'a relâché ou s'il a fini par succomber à ses blessures.

Cet épisode me poursuit encore aujourd'hui. Plus de quinze ans après, j'en ai toujours la chair de poule quand j'en parle. Et je mesure la chance que j'ai de pouvoir le raconter. D'être en vie. D'avoir survécu. Si, cette fois-là, j'étais du côté de ceux qui font mal, j'aurais très bien pu me retrouver à la place de ce pauvre type. Je vais vous raconter une histoire. Mon histoire. Elle pourra paraître inventée pour certains, digne d'une série pour d'autres, mais pourtant, tout est vrai. Les années passant, il est temps de faire un bilan sur cette vie qui a été la mienne. Celle de ce jeune adulte un peu rêveur et fan de mangas qui, suite à un enchaînement d'événements et de choix pas toujours très judicieux, est devenu… trafiquant de drogue international. J'ai déconné. Beaucoup. J'ai longtemps cru que la « sess » allait me permettre d'avoir la belle vie. En réalité, c'est tout le contraire. Oui, on peut gagner rapidement beaucoup d'argent. Oui, on peut en profiter. Mais cela ne dure qu'un temps. Et à quel prix ? Si j'ai survécu et si je peux raconter l'envers du décor aujourd'hui, bien d'autres, qui comme moi pensaient que vendre des stups leur assurerait d'avoir une vie de rêve, sont morts. Je suis un survivant. Lisez ce qui suit et vous comprendrez que le jeu n'en vaut pas la chandelle. N'y allez pas, car ils sont rares ceux qui s'en sortent…

1

IL SUFFIRA D'UN SIGNE

Crissements de pneus. La voiture démarre en trombe et fonce vers la rue Myrha, en plein cœur de la Goutte d'Or. Hurlements. Une dizaine de personnes tentent de l'arrêter mais le conducteur ne les voit pas, ou fait mine de ne pas les voir. C'est Billy, un toxico du quartier, qui parvient à faire stopper le véhicule. Attroupement. Le chauffard sort sans ménagement de son véhicule, complètement ivre. Il est encerclé par les voisins en attendant l'arrivée de la police.

Affolement. Les pompiers sont prévenus. Des passants se tiennent la tête entre les mains, certains ne peuvent s'empêcher de crier, d'autres courent dans tous les sens. Du sang sur la chaussée jonchée de cadavres de bouteilles de bière et de seringues usagées. Une véritable scène de crime. À l'arrière de la voiture, un vélo rouge et bleu accroché à la boule d'attelage. En dessous, allongé sur le sol, un petit garçon de dix ans, mal en point et étonnamment silencieux malgré ses nombreuses blessures. Il a le crâne ouvert en deux, une partie de son cuir chevelu sur le bitume, des blessures sur tout le corps, le visage lacéré par des dizaines de bouts de verre. Face à cette vision d'horreur, la panique des passants est compréhensible. Il n'a plus de peau sur une moitié de la tête, plus de cheveux non plus et on aperçoit même une partie de son cerveau. Il est dans un état grave. Il faut s'y mettre à plusieurs pour soulever la tôle et le sortir de là.

Une sirène. Les secours arrivent en à peine cinq minutes.

— Ne t'endors surtout pas ! Ouvre les yeux ! Garde-les ouverts !

Mais l'enfant ne semble pas les entendre. Il ne comprend pas ce qu'il se passe ni pourquoi les gens pleurent en le regardant. Et il finit par ne plus les voir et par s'endormir, happé par un trou noir. Il faut faire vite. Brancard, perfusion, les gestes des pompiers, calmes, habitués à gérer ce genre de situation, contrastent avec la panique autour d'eux. Ils n'ont pas le temps de tergiverser, la victime est sécurisée en un rien de temps dans le fourgon rouge, direction l'hôpital le plus proche.

La rumeur se répand comme une traînée de poudre dans le quartier et remonte jusqu'à la rue Richomme, toute proche. Une heure après l'accident, devant l'appartement du rez-de-chaussée qui donne sur le square Léon, un autre attroupement se forme. Femmes, hommes, enfants défilent devant une mère de famille qui ne comprend pas ce que ces gens lui racontent.

— On a appris pour votre fils. Toutes nos condoléances, madame Karaguera.

— Mais de quoi parlez-vous ? Il n'est pas mort ! Il est à l'hôpital.

— On sait que c'est difficile d'accepter la mort d'un enfant. Ne vous en faites pas, si vous avez besoin de quoi que ce soit, nous sommes là, n'hésitez pas. On ne pourra pas vous le ramener et votre peine sera toujours grande, mais vous verrez, avec le temps, elle deviendra plus supportable.

La scène dure un bon moment, jusqu'à ce que la mère claque la porte, excédée, n'en pouvant plus de répéter la même chose à tout le monde. Non, son fils n'a pas succombé à ses blessures. Il est dans un état grave, c'est vrai, mais bel et bien en vie. C'est un survivant.

Ce gamin donné pour mort, c'est moi, Tidiane, mais tout le monde m'appelle Tess. Et cet accident, avec le recul, j'ai l'impression que c'était comme un signe, les prémices de ce qui allait suivre. Ma vie serait cabossée, abîmée comme moi après avoir été traîné sous cette voiture, mais j'arriverais toujours à m'en sortir.

2

VILLAGE D'IRRÉDUCTIBLES PAS GAULOIS

Barbès. Mon quartier. Mon village. Là où tout a commencé. Où tout finira sans doute. Tout le monde se connaît ici. J'y suis né, j'y ai grandi. Vu de l'extérieur, l'endroit peut faire peur. Surtout à l'époque. Dans les années 1990-2000, c'est vraiment chaud. La loi du plus fort règne. Ça, je l'ai compris un peu plus tard, en grandissant. Quand on est gamin, on ne se rend pas forcément compte de la réalité de son environnement. Pour moi, c'est normal de croiser des toxicos, des gars bourrés, de voir des seringues par terre dans la rue, des éclats de bouteilles de bière sur les trottoirs.

J'habite avec mes parents, Astou et Ibrahim, arrivés du Mali dans les années 1980, mes quatre frères et mes deux sœurs (Eva, Kara,

Ivan, Gringos, Lou et Le Rouns[1]), au rez-de-chaussée d'un immeuble situé à littéralement trois pas d'une des entrées du square Léon, où les acheteurs de crack et de shit s'installent pour préparer et consommer leurs doses, sans même se cacher. Petit, j'y joue régulièrement. Et à chaque fois, ma mère me met en garde : « Fais attention, ne te pique pas, il y a plein d'aiguilles dans le bac à sable. » Malgré les échauffourées quotidiennes, les descentes de police régulières, l'ambiance est tout de même joyeuse, une grande colonie de vacances. Nous ne sommes pas riches, mais nous ne manquons de rien. De la station de métro Barbès sur le boulevard de la Chapelle, à la rue des Gardes, en passant par la rue Myrha, celle de Laghouat jusqu'à la rue Doudeauville, voilà le triangle d'or de ma jeunesse.

Surtout, nous sommes entre nous. Des Noirs, des rebeus, toutes les nationalités, toutes les ethnies. Un vrai melting-pot, mais pas de Blancs, ou très peu. Des irréductibles pas tout à fait gaulois au cœur de la capitale. Une autre France, pas la « black-blanc-beur » de Zidane

1. Tous les prénoms ont été modifiés et remplacés par d'autres ou par des surnoms (*N.d.A.*).

et compagnie qu'on nous a vendue en 1998, mais la France quand même. Au centre aéré, un des moniteurs est fan de rap. On a même écrit une chanson avec lui à l'occasion d'une fête. Je me souviens que mon couplet disait un truc du genre : « Les jeunes de la Goutte d'Or veulent communiquer, chanter et danser. La fête peut commencer. » Des mots qui reflètent bien notre état d'esprit d'alors. Nous allons à l'école, au jardin public, nous jouons au foot dans la rue, au milieu des dealers qui gardent toujours un œil sur nous.

Ce sont ces vendeurs de drogue et les crackeux qui m'ont sauvé lors de mon accident de vélo, le 14 juillet 1995. Mon père venait de m'offrir un vélo bleu et rouge pour mes neuf ans et j'avais voulu l'essayer tout de suite. On connaît la suite. Je suis sorti de l'hôpital avec une minerve, un bras dans le plâtre, un gros pansement sur la tête et le dos en compote. Un mois sans bouger, avec un traitement spécial, une sorte de shampoing à faire tous les jours pour réparer mon crâne ouvert. Un produit permettant d'accélérer la reconstitution de la peau, que j'ai entièrement perdue en étant traîné par terre sur plusieurs dizaines de mètres. Les médecins l'ont confirmé à mes parents :

je suis passé tout près de la mort. Ils m'ont récupéré avec le cerveau apparent, la tête ouverte en deux. Ils ont réussi à la recoudre et je n'ai pas eu de séquelles neurologiques. Un miracle selon eux.

Avec le recul, je me demande si ce n'est pas à partir de cet épisode que je commence à prendre conscience du décor dans lequel je vis. De ce qu'est réellement Barbès, et surtout la Goutte d'Or. Aujourd'hui, je me dis aussi que ceux qui m'ont sauvé, ces toxicos, c'est moi qui vais les fournir en drogue quelques années plus tard. Billy par exemple, qui a réussi à stopper la voiture, était un de mes clients réguliers et un de mes plus fidèles rabatteurs. C'est lui qui me ramenait pas mal d'autres acheteurs. La vie est bizarre et pleine de surprises. La mienne ressemble à mon dos blessé après cet accident : tortueuse, comme cette scoliose qui me fera souffrir un moment.

Un peu plus d'un an après cet événement, je suis enfin complètement remis et je rentre en sixième. Un autre choc. Avec le jeu de la sectorisation, je me retrouve au collège Jacques-Decour, dans le 9e arrondissement. Un immense établissement qui accueille plus de mille sept cents élèves. Je suis un peu perdu au milieu de tous ces gens qui ne me ressemblent pas et je ressens le poids de l'Histoire en franchissant les lourdes portes en bois pour prendre le couloir et arriver dans une grande cour qui dessert les salles de classe sur deux étages. J'apprends rapidement que c'est ici que François Truffaut, un ancien élève, a réalisé son film *Les Quatre Cents coups*. Je ne le sais pas encore, mais moi aussi je vais les faire, les coups, quelque temps plus tard. Le destin, parfois, nous joue des tours.

C'est la première fois que je quitte le quartier. Et je découvre un nouveau monde, très éloigné du mien et de mon quotidien jusque-là. Traverser le boulevard Rochechouart, c'est comme passer une frontière et se retrouver dans un autre pays. Déjà, il y a des Blancs, beaucoup, et je n'ai pas trop l'habitude d'en voir ni d'en côtoyer. Certains me regardent bizarrement, d'autres me prennent de haut et ne m'adressent pas la parole, quelques-uns osent tout de même s'approcher et me parler. Ils savent d'où je viens, j'ai l'impression que j'inspire la crainte, voire la peur.

Je ne suis pourtant pas le seul Noir du bahut, mais le fait de vivre à la Goutte d'Or provoque instantanément cet effet. J'essaie de ne pas faire de vagues, de me fondre dans la masse sans me faire remarquer plus qu'il n'en faut. De nature introvertie, j'y parviens sans trop de difficultés. Mon côté calme et réservé dénote quand même, je suis loin de l'image un peu cliché que les autres élèves se font de Barbès. Mon silence fait du bruit. Mes résultats aussi. Bon élève, je collectionne les notes bien au-dessus de la moyenne, à la surprise générale de mes camarades de classe, sans doute de certains de mes professeurs aussi. Mais moi, je bosse et le travail porte ses fruits. Ma mère et tout le reste de la famille me soutiennent et je les rends fiers.

Certains camarades de classe finissent même par devenir des amis. Parmi eux, Élodie et Quentin. Nous nous rapprochons, au point que j'accepte de les faire venir au quartier. Ils sont sympas, curieux et n'éprouvent aucune appréhension. Au contraire, ils sont ravis de pouvoir découvrir la Goutte d'Or avec moi. Je me souviens de leur réaction la première fois qu'ils ont mis les pieds rue Myrha. Les yeux écarquillés, ils sont surpris par cet environnement si particulier. D'un côté, des toxicos, des dealers, de l'autre, des gens ouverts, souriants, prêts à partager le peu qu'ils ont avec eux. Élodie s'étonne quand un pote qui mange un sandwich lui en propose spontanément un morceau alors qu'il ne la connaît pas. Cette solidarité, cette fraternité, cette entraide, c'est ça aussi Barbès. Et je suis fier de leur montrer ce côté positif, même s'ils n'en voient pas l'autre face, le versant sombre.

Car la Goutte d'Or reste un monde à part. Quand la sonnerie annonce la fin des cours et que je retraverse la frontière, je me retrouve plongé dans un monde très différent. Toxicos partout, justice nulle part. Dealers à chaque coin de rue, camés et ivrognes qui squattent les bistrots et chaque parcelle de trottoir. Ce n'est pas pour rien que la rue Myrha est alors surnommée « le couloir de la mort ». Malgré ce décor, cet environnement peu propice à inspirer la sérénité et la tranquillité, je n'ai pas le souvenir d'avoir vécu une enfance et une adolescence malheureuses. Au contraire. C'est chez moi, c'est comme ça, il faut faire avec, pas le choix.

Petit à petit, je commence à me créer ma propre bulle. Je ne sais pas si c'est une manière de me protéger. Peut-être. En grandissant, je commence aussi à m'intéresser à l'informatique. C'est une véritable révélation. Nous sommes au début des années 2000, les débuts d'Internet, j'apprends sur le tas, en bidouillant sur un PC que j'ai réussi à me payer grâce à l'argent que je gagne en jouant aux jeux vidéo. Je suis doué et les gens parient sur moi, ce qui me permet de « me faire du papier » comme on dit pour expliquer qu'on gagne des sous. Je suis le seul de la bande de copains à en avoir un et je me débrouille plutôt pas mal. Je télécharge des logiciels, je copie illégalement des disques (surtout des albums de rap), des jeux vidéo, que je grave sur des CD vierges pour les revendre. Les gens me donnent une liste de titres, je les télécharge, les copie et les leur passe pour dix à quinze euros le disque. C'est une bonne affaire pour tout le monde. Entre les cours, les révisions, un petit boulot de livreur de pizza pour soulager mes parents financièrement et mon petit commerce qui ne connaît pas la crise, je n'ai pas une minute à moi.

Tout se sait vite à la Goutte d'Or et je deviens rapidement le geek du quartier et le « pilepse », l'amateur de jeux vidéo. Je vends mes copies et, surtout, je joue beaucoup. Comme j'arrive à hacker les jeux avant tout le monde, j'ai tout loisir de me perfectionner avant que ces derniers arrivent officiellement sur le marché. Un jeu, notamment, fait mon bonheur et mon argent de poche : *PES, Pro Evolution Soccer.* Un programme de foot, ancêtre du désormais célèbre FIFA. À tel point que des matchs, sortes de mini-tournois, sont organisés et que des gens parient sur moi. Je gagne beaucoup, pour le plus grand bonheur de ceux qui misent sur mes victoires. Les grands du coin mettent en place des compétitions et me font venir. Ils misent cinquante euros sur moi et, pour chaque victoire, j'arrive à empocher dans les six cents euros. De quoi me payer des baskets neuves à chaque fois ! Les parieurs disent : « Il n'est pas black lui, c'est un Chinois ! » Mais ma réputation finit par me jouer des tours. Je suis trop fort et, bientôt, les gens du quartier ne veulent plus jouer contre moi parce que je gagne à tous les coups. Alors, des tournois avec des gars d'autres arrondissements ont commencé à se faire. Je suis toujours bon, mais parfois, je perds. Et là, c'est une horreur, je le vis très mal. Je n'aime vraiment pas perdre et je cherche toujours à comprendre le pourquoi du comment d'une défaite. Je pense que cette détermination, cette détestation de la défaite m'ont beaucoup servi par la suite.

Au fil du temps, grâce à mon côté geek, je deviens un peu connu à Barbès. Tandis que certains de mes amis commencent à vendre de la drogue (du shit et du crack) ou à voler des téléphones portables, qui se démocratisent mais coûtent encore très cher, je me contente de mes activités de pirate informatique, sans me dire que ce que je fais est mal. Avec mon salaire de livreur et les à-côtés, je n'ai pas besoin de demander d'argent à mes parents. Ce que je gagne, je le dépense en fringues et, surtout, pour assouvir ma nouvelle passion : les mangas. Je dois être le premier de la Goutte d'Or à avoir eu entre les mains un de ces livres japonais. J'en deviens instantanément fan. Les copains me prennent pour un fou car je passe pas mal de temps à la bibliothèque de la Goutte d'Or pour les lire ou les emprunter. Je télécharge aussi tous les animés que je peux pirater pour les regarder en avant-première. Je suis le seul de toute la bande à mettre les pieds en bibliothèque. Pendant que certains dealent au coin de la rue, moi, je passe des après-midi dans ce lieu tout en verre qui me fascine, rempli de livres, dans lequel je trouve en grande partie mon bonheur, même si les rayons mangas n'étaient pas aussi fournis à l'époque et représentaient une part minime de la collection de bandes dessinées disponibles. « Tu veux toujours faire le babtou », me disent les copains pour me charrier. Cet intérêt pour les jeux vidéo et la BD japonaise, je le partage avec mon cousin Akira. Lui, c'est un peu mon frère jumeau. On a un an d'écart et on se voit autant que possible. Ce n'est pas évident car il habite loin, dans le 94 et, surtout, il est atteint d'une maladie génétique qui attaque les globules rouges, la drépanocytose. On l'appelle aussi l'anémie falciforme et elle touche principalement les personnes d'origine africaine. En gros, il a un problème d'irrigation du sang en oxygène qui lui cause des douleurs extrêmement fortes, équivalentes à des fractures ouvertes, des ulcères aux jambes, des AVC et des symptômes thoraciques aigus, qui conduisent souvent le porteur en réanimation. Je l'ai toujours connu comme ça et j'ai assisté à plusieurs crises, c'est très violent et impressionnant. Mais quand on se retrouve, c'est surtout pour échanger des jeux, des mangas, en parler, jouer. C'est aussi, et ça l'est encore aujourd'hui, mon confident. Je lui dis tout. Il connaît tous mes secrets.

Ces années-là, c'est vrai que je dénote, je ne suis pas comme tout le monde. Moi qui tente de me faire discret au bahut, j'ai l'impression d'attirer tous les regards à la Goutte d'Or.

Je suis considéré comme un mec à part. Nous avons parfois des discussions avec les potes, même si je ne les juge pas, jamais. Après tout, chacun fait avec ses armes et comme il peut. Barbès à ce moment-là, c'est le royaume de la débrouille. Du chômage, des familles nombreuses qu'il faut nourrir, l'essentiel est de ramener de quoi manger, peu importe comment. Parfois, nos discussions s'enflamment. J'y vais de mes grands principes : « Vous dealez pourquoi ? Pour acheter des vêtements ? Moi, ça ne m'intéresse pas de vendre la mort pour quelques fringues. Vous n'avez même pas honte... »

Si seulement j'avais su...

3

DÉLIT DE SALE GUEULE

Ma scolarité se poursuit sans encombre. Je fête mes dix-huit ans en 2005. Ça y est, je suis majeur. Honnêtement, ça ne me fait pas grand-chose. Rien ne change vraiment. À la rentrée 2006, je prépare un bac pro vente. Nous avons aussi déménagé avec ma famille. Oh, pas bien loin, on reste dans le quartier pour intégrer un appartement rue de la Goutte d'Or, à quelques mètres à peine du commissariat.

Une fin de journée alors que l'été ne veut pas se terminer. Je ne travaille pas comme livreur de pizza et, alors que je sors de chez le marchand de journaux où j'ai acheté un magazine de mangas, je croise deux copains en rentrant chez moi. Ty et Brad traînent sans but précis. Je reste avec eux pour profiter de la douceur de la soirée, on discute tranquillement, de tout et de rien. Soudain, une voiture banalisée de police arrive en trombe et s'arrête devant nous dans un dérapage contrôlé. Deux flics en sortent comme des cow-boys et, l'air renfrogné, nous demandent (nous hurlent dessus plutôt) nos papiers. Contrôle d'identité. Encore un. On a l'habitude par ici. Enfin, on finit par s'y habituer. Trois Noirs qui traînent dans la rue, c'est sûr, c'est suspect… À l'époque, c'est comme ça. Rien n'a vraiment changé, finalement.

Le problème, c'est que mes deux potes sont déjà défavorablement connus des services de police, comme on dit. Ils ont commencé à dealer et ils ont déjà eu affaire à ces deux policiers. En les voyant arriver, l'un de mes potes (je n'ai pas vu lequel) se débarrasse d'une petite boulette de crack en la jetant plus loin sur le trottoir. Fouille au corps pour tout le monde. Rien. Nada. Queuchi. Ça énerve les deux flics. Mais l'un d'entre eux sourit car il a repéré la boulette jetée au sol.

— C'est à qui ça ?

Pas de réponse, évidemment. Ty et Brad regardent ailleurs, je fais comme eux.

— Je répète : c'est à qui cette boulette ?

Silence dans les rangs.

— Bon, si personne répond, je vous préviens, je vous embarque tous les trois !

Je proteste. Je dis que ce n'est pas à nous. Mes copains restent muets et tentent, du regard, de me faire taire. Je sens le gros problème arriver…

— Donc, c'est à personne ? Alors, c'est à tout le monde. Allez, tous au poste !

Première arrestation. Première garde à vue. Le choc. Je suis complètement déboussolé. L'impression que mon monde s'effondre, que tous mes efforts pour être quelqu'un de bien sont réduits à néant. Pendant douze heures, on enchaîne les interrogatoires, les allées et venues entre une cellule pourrie qui sent la pisse avec un seul banc en pierre pour se poser et un bureau. Avec toujours la même question, qui revient sans cesse : « À qui est cette boulette ? » J'ai l'impression de vivre un cauchemar. C'est éprouvant, une garde à vue. En fait, je ne comprends rien à ce qu'il se passe. Au bout d'un moment, un policier en civil débarque et prend la suite de ses collègues en uniforme. On le connaît de vue, on l'a même surnommé entre nous le Shérif. Il passe son temps à faire des rondes dans le quartier, à traquer les vendeurs de drogue. Il a mauvaise réputation, celle d'être très limite, voire d'être un peu ripou sur les bords et de taxer les dealers pour les laisser faire leurs affaires.

Le Shérif prend les choses en main, à sa façon. Il va voir mes potes et leur parle.

— Écoutez, les gars, j'ai regardé vos antécédents, vous avez déjà eu des soucis avec la justice et vous avez pris du sursis. Là, ça va finir en prison ferme pour vous. Mais votre ami Tess, lui, il n'a pas de casier, il est complètement vierge. Qu'il dise que cette drogue est à lui et tout le monde sort. Il ne risque rien, au pire une légère peine avec du sursis vu qu'il n'a aucun antécédent et qu'on parle d'à peine un gramme.

Il monte la tête à Ty et Brad, qui me demandent de prendre sur moi. Ils insistent.

— Il faut que tu nous aides sur ce coup, Tess. Dis-leur que c'est à toi la boulette et tu sauves tout le monde. Si tu déclares ça, on sort tous dans la foulée.

Je finis par accepter et avoue au Shérif que ce gramme est à moi. Il me fait signer une déposition que je ne relis pas. Cela peut paraître bizarre, mais je ne pense même pas à vérifier ce qu'il a écrit. Il faut dire qu'il m'a bien mis en confiance en me disant qu'il s'était arrangé avec la juge.

— T'inquiète pas, t'as juste à dire que c'est à toi. Si elle te demande si tu en vends, tu réponds oui aussi, il n'y a pas de souci. Tu sais, faute avouée à moitié pardonnée, comme on dit. Et après, tu sors.

Il m'a tellement monté la tête que je prends ces fichus papiers en me disant qu'une simple signature va nous permettre de tous rentrer chez nous et d'oublier cette affaire.

Direction le bureau de la juge des libertés au tribunal de grande instance (TGI) de Paris sur l'île de la Cité. Tout va très vite et je continue à être dans une sorte de brouillard. Je n'arrive plus à réfléchir, je subis la situation, j'ai l'impression qu'elle n'est pas réelle. Mais j'ai bel et bien des menottes aux poignets, deux policiers qui m'encadrent et une magistrate qui m'attend derrière une porte. Je pressens que c'est la porte de l'enfer. J'essaie d'être le plus calme possible quand je m'assois face à elle. Je tente de me rassurer en me disant que Ty et Brad, eux, se sont déjà fait attraper et n'ont écopé que de peines avec sursis. Je me persuade qu'il va m'arriver la même chose. D'autant qu'avec l'aide de ma famille, j'ai un avocat avec moi. Grâce à lui, j'ai pu fournir les bulletins de paye de mon travail de livreur chez Pizza Hut et mon certificat de scolarité, prouvant que je suis inscrit au lycée, que je suis les cours.

Le cauchemar continue. Car avant cela, il y a eu une perquisition chez moi. Les policiers m'y ont emmené pour que j'y assiste, conformément à la loi. Je me souviendrai toute ma vie de la tête de mes parents quand ils m'ont vu encadré par les flics, entravé, les mains dans le dos, sans oser les regarder dans les yeux. Et je n'oublierai jamais la déception immense dans le regard de mon père à ce moment-là. Ils n'ont évidemment pas trouvé de drogue, mais ils ont saisi plus de trois mille euros en liquide que ma mère gardait. De l'argent qui n'était pas à elle mais qui appartenait aux voisins de la communauté malienne du quartier. Une sorte de tontine, de coopérative, dans laquelle chacun pouvait déposer une somme et se servir en retour. Les économies de plusieurs familles qui avaient une confiance modérée envers les banques et préféraient confier une partie de leurs sous à une personne qu'ils connaissaient. Une tradition, une façon de s'entraider. Bien sûr, les flics n'ont pas cru mes parents quand ils leur ont expliqué de quoi il s'agissait et ils ont décrété que ce fric provenait du trafic de drogue, qu'il était à moi et que je le planquais là.

Devant moi, la juge, sévère, ne semble pas avoir envie de m'écouter. « Il y a eu un contrôle, on vous a attrapé avec 0,8 gramme de crack et la police explique que vous vendez régulièrement, que vous avez déjà effectué des transactions. Et comment expliquez-vous cette somme en liquide importante retrouvée à votre domicile ? » Les bras m'en tombent. Je nie et elle me montre la déposition avec ma signature. Je comprends que je me suis fait avoir par le Shérif. Je ne sais pas ce qu'il a pu dire à cette juge, si tous les deux veulent juste faire un coup et améliorer leurs statistiques, mais je suis face à un mur. Peut-être que ma façon de m'exprimer, calmement, avec un vocabulaire loin des stéréotypes de la rue, un peu scolaire aussi j'en conviens, ne lui a pas plu. Elle a dû penser que je me moquais d'elle. Seulement pour moi, c'est juste dingue de me retrouver là comme ça, je suis impressionné et je ne sais pas quoi dire, quoi faire, ni comment me comporter. Je n'ai jamais été confronté à un juge, je n'ai pas les codes. Encore moins quand je suis face à quelqu'un qui m'accuse d'être un dealer.

Je ne sais plus combien de temps a duré cet interrogatoire. La seule chose dont je me souviens, c'est que ça ne dure pas longtemps et que je pars dans la foulée en comparution immédiate. La juge n'a rien voulu savoir et m'envoie au tribunal. Procès express en perspective. Je suis paniqué, mon avocat, lui, semble confiant. Avec la quantité retrouvée, minimale (je le rappelle, on parle de moins d'un gramme), et tous les justificatifs apportés, il n'a aucun doute sur le fait que je serai relaxé ou, au pire, condamné à une peine symbolique. Je garde ses paroles en tête et je me force à rester optimiste. Même si, au fond de moi, je sens que je suis mal embarqué.

Quand je me présente dans le box des accusés, je n'ai plus la notion de l'heure, je suis crevé, stressé. Justice à la chaîne, inhumaine. Nous ne sommes que des numéros de dossier. Si j'avais un peu d'espoir avant de pénétrer dans cette salle d'audience, une fois dedans, je sais que c'est fichu. J'ai devant moi des magistrats fatigués, saoulés, qui donnent l'impression de s'en foutre. En moins de quinze minutes et après une plaidoirie rapide de mon avocat, le verdict tombe : un an ferme ! Avec incarcération dans la foulée.

Je me retrouve dans les sous-sols du TGI, le « dépôt », une mini-prison où sont enfermées toutes les personnes qui ont été jugées et qui patientent là avant leur départ pour la prison. Je suis entouré d'une cinquantaine de détenus qui, comme moi, attendent leur tour. Le temps passe lentement et me laisse tout loisir pour tergiverser et bien me prendre la tête. Putain... J'ai foutu ma vie en l'air. Voilà ce que je me dis dans le fourgon qui m'emmène à la prison de Fleury-Mérogis.

4

TOUCHÉ, MAIS PAS ENCORE COULÉ

Bâtiment D4. C'est là où je vais purger ma peine. J'entre en prison sans vraiment comprendre ce qu'il m'arrive. Je suis perdu, déboussolé. Je me souviens juste d'une chose : le bruit des portes qui claquent. Je découvre un univers, un monde à part, que je n'ai vu que dans les films, les séries et dont je ne sais rien à l'exception de ce que certains amis ont bien voulu me raconter. Mais entre ce qu'on en dit, ce qu'on entend et la réalité, le fait d'y être réellement, c'est autre chose.

Je suis le parcours classique du nouvel entrant. Durant trois ou quatre jours, on me cantonne dans une des cellules « nouveaux arrivants ». C'est un sas d'observation, qui permet aux matons et au reste des intervenants de voir comment on se comporte, comment on réagit, savoir aussi si on est fumeur ou non. Bref, on nous dispatche, c'est là qu'ils décident dans quelle cellule on va nous mettre par la suite et avec quel codétenu. Un centre de tri en quelque sorte. Dans ma tête, *Le maton me guette*, la chanson de Passi, un rappeur que j'écoute souvent à l'époque, tourne comme une rengaine :

Barreaux, porte bloquée, ma vie est bloquée
De derrière l'œillet, je rêve de m'évader
Le trouble est dans ma tête (et le maton me guette).

Je ne comprends tellement rien à ce qu'il m'arrive que je ne sais même plus dans quelle cellule on me met et avec qui je suis à ce moment-là. La seule chose que je sais, c'est que je suis au D4. Dans ce bâtiment sont réunis tous les gens de mon quartier. Je comprends que nous sommes répartis comme ça pour éviter les embrouilles. Donc, tous les gars du 18e, de Barbès, de la Goutte d'Or, nous sommes tous dans ce même bloc. Ils sont surpris quand j'y débarque.

— Mais qu'est-ce que tu fous là, Tess ?

— Comment ça se fait que toi, tu te retrouves ici, tu as fait quoi ?

— Tess ? C'est pas possible !

Je leur explique l'histoire et ce qu'il vient de se passer.

— Mec, il faut absolument que tu fasses appel ! Tu ne peux pas être condamné à autant pour moins d'un gramme !

— Regarde, nous, on s'est fait choper avec plus, on avait déjà fait des conneries, on avait un casier et on a pris que six ou huit mois.

— Gars, un an ferme pour 0,8 gramme, c'est du jamais-vu ! C'est trop !

Beaucoup me conseillent, me soutiennent, mais certains ne me croient pas.

— C'est impossible, Tess. Tu mens ! Si tu as pris un an, c'est que tu as fait autre chose de plus grave. Tu ne prends pas aussi cher pour ça, arrête un peu de nous baratiner ! Vas-y, dis-nous, tu as planté quelqu'un, c'est ça ?

— Non, je vous jure les mecs ! Vous me connaissez quand même, vous savez que je ne suis pas un « pia » (un menteur).

Les jours suivants, je survis comme je peux. Je m'adapte, en essayant de me blinder au maximum, de faire le vide dans ma tête pour ne pas péter les plombs. J'apprends vite les us et coutumes de la prison, les règles implicites qui la régissent. Heureusement que ma famille me soutient. Je reçois un peu d'argent, ce qui me permet de « cantiner » et d'améliorer mon quotidien en achetant de quoi manger, boire, payer la télé, et même acheter… un téléphone. On entend dire qu'il y en a plein derrière les barreaux, et c'est vrai. Rien de plus facile que de se procurer un portable, un « pénave » comme on dit dans le jargon. Il y a même des détenus qui communiquent par messagerie. Je n'y crois pas au départ, mais une fois en cellule, j'ai pu voir que c'était vrai. Malgré les rares brouilleurs installés, on arrive toujours à communiquer avec l'extérieur. Nous sommes aux débuts d'Internet à cette époque, avoir un compte MySpace ou Facebook est le summum. Aujourd'hui, il y en a beaucoup qui postent des vidéos tous les jours sur X ou TikTok et qui ont des milliers d'abonnés… Promenade, musculation, bouffe, fouille. Voilà ma journée type. Avec un petit rituel supplémentaire : tous les matins à sept heures et tous les soirs à dix-neuf heures, les matons nous demandent de bouger dans notre cellule pour vérifier qu'on est toujours vivants.

Un programme qui ressemble à un éternel recommencement. L'impression d'être plongé dans un manga que j'aimais bien, *Naruto*, dans lequel un des héros, Izanami, enferme sa cible dans une boucle temporelle qui l'oblige à répéter sans cesse les mêmes actions. Je pense aussi au film *Un jour sans fin*, dans lequel le personnage principal revit la même journée tous les matins à son réveil. Mais on n'est pas au cinéma ici, on est à Fleury-Mérogis... Certains imprévus viennent casser la routine comme les fouilles aléatoires des cellules. Les surveillants arrivent à l'improviste et les passent au peigne fin pour vérifier si on a de la drogue, un téléphone, une arme. Et ils nous fouillent nous aussi par la même occasion. Un des potes du quartier qui est aussi incarcéré au D4 me demande rapidement de lui rendre service quand il me voit débarquer.

— Tess, tu peux me filer un coup de main ?

— Je sais pas, tu veux quoi ?

— Tu peux me récupérer un peu de shit ? Je le fais passer discrètement et toi tu me gardes le truc jusqu'à la fin des visites.

Il fait entrer des barrettes à chaque parloir. Sa mère vient le voir avec son frère, c'est lui qui se débrouille pour les faire passer. Je me dis que je ne risque pas grand-chose. Comme c'est un gars que je connais, qu'on s'entend bien, j'accepte de l'aider, sans trop vraiment y réfléchir. Pour moi, je rends service à un copain.

Ce dont nous avons convenu, c'est que son frère file les barrettes à mon propre frère, que je les récupère et lui garde jusqu'au moment de la fouille avant de retourner en cellule. En règle générale, une fois les parloirs terminés, nous attendons dans une pièce que les surveillants nous appellent pour nous fouiller dans une autre salle. Une palpation plus ou moins approfondie, en fonction du « client ». Je lui repasse le matos à ce moment-là, et lui se débrouille pour le cacher avant d'être fouillé à son tour. On appelle ça « coffrer le pilon ». En gros, il se l'insère dans l'anus pour ne pas se faire prendre par les matons. Je ne fume pas, ils le savent, ils se rendent compte très rapidement de qui est qui, de qui fait quoi. Donc ils ne perdent pas trop leur temps avec moi à ce moment-là, ils me considèrent comme quelqu'un de « propre », qui ne consomme pas. Mais un jour, les matons vont plus vite que d'habitude et je n'ai pas le temps de repasser la drogue à mon pote. Évidemment, ils l'ont découverte sur moi. Et je me suis retrouvé au mitard après être passé au prétoir, jugement express par une commission de discipline. Car, évidemment, je n'ai pas « jacté », je ne suis pas une balance, je ne parle jamais.

Une expérience particulière, très dure. La prison dans la prison. Une petite pièce sans fenêtre, humide, froide, avec juste des toilettes à la turque et un banc en pierre en guise de lit, sur lequel est posé un matelas très fin, histoire de bien se casser le dos quand on essaie de dormir. Sur les murs, des gouttes d'eau coulent en continu. Il n'y a rien à faire à part compter les heures et regarder les inscriptions sur ces quatre murs qui suintent. Des noms, beaucoup de noms inscrits, couleur rouge ou marron. Des lettres tracées maladroitement au doigt, avec le sang ou les excréments de ceux qui m'ont précédé ici. Une sorte de grotte de Lascaux d'un genre particulier. Je me suis bien gardé d'y écrire le mien. Le calvaire a duré dix jours et je me suis juré qu'on ne m'y reprendrait pas. À trop vouloir rendre service…

Avant cela, j'écoute tout de même les uns et les autres et je finis par suivre leur conseil : je fais appel de ma condamnation. Au bout de trois mois environ, je suis convoqué pour être jugé une seconde fois. Quand je donne le nom du juge devant qui je vais passer, mes codétenus rigolent.

— Ah Tess, tu n'as vraiment pas de bol ! C'est le mec le plus raciste du tribunal ! Bonne chance…

On m'explique en plus que dans cette cour d'appel, les magistrats sont plus sévères qu'en première instance. Super, me voilà bien rassuré. Le début de l'audience ne me laisse rien augurer de bon. C'est un moment lunaire, surtout quand il me demande où j'ai connu les amis avec qui j'ai été arrêté.

— Ce sont des copains d'enfance, on habite dans le même quartier.

— Vous êtes de quelle origine ?

— Du Mali.

— Comme le Congo. Vous vous êtes connus au milieu du fleuve ?

Je ne sais pas s'il faut rire ou pleurer. Je me contente de me taire et de ne rien laisser transparaître, mais je n'en pense pas moins. En plus d'être raciste, il ne connaît pas la géographie. Je me dis que l'affaire est pliée et qu'il ne va pas revenir sur le premier jugement. Pourtant, à ma grande surprise, il annonce une peine réduite.

— Elle y est allée un peu fort ma collègue, ose-t-il même dire avant de m'annoncer que je suis condamné à dix-huit mois de prison, dont six mois ferme et douze avec sursis.

Il me faut un petit moment pour comprendre que je vais bientôt pouvoir sortir. J'ai déjà effectué plus de trois mois, dans moins de deux je suis dehors. Je suis content, mais pas euphorique. Je passe Noël et le jour de l'An à Fleury et, à la mi-janvier 2007, je suis libre, après quatre mois et demi de détention au final. Mais à la sortie, je ne suis plus le même. Je suis confus, je ne sais plus trop où j'en suis et plusieurs sentiments s'entremêlent.

Je suis entré innocent en prison et cette innocence, je l'ai laissée derrière les barreaux. Je ne dealais pas et j'ai été condamné pour trafic de stups. Même à l'intérieur, je me suis pris du mitard alors que je ne fume pas, juste parce que j'ai rendu service à un pote… Après cela, plus rien ne sera comme avant. Je suis très en colère quand je sors, complètement « vénère » même.

Sur ce coup-là, je considère que j'ai été victime d'une injustice (avec un flic qui m'a fait signer une déposition sans que je la relise), voire d'une erreur judiciaire (et d'une juge qui n'a pas bien fait son boulot). Et puis… je suis noir. Si je ne l'avais pas été, ce contrôle d'identité un soir de septembre n'aurait jamais eu lieu, il faut dire les choses comme elles sont. Pas de contrôle, pas de garde à vue. Pas de garde à vue, pas de condamnation. Pas de condamnation, pas de prison. Sans le savoir, je me pose la question du déterminisme social en sortant de

Fleury. Je me dis qu'il ne sert à rien de faire des efforts, de bosser, d'essayer de s'en sortir. Quand on est noir, qu'on habite la Goutte d'Or, on part avec moins de chance que les autres, ceux qui sont de l'autre côté du boulevard Rochechouart, tous les élèves de mon bahut dans le 9e arrondissement de Paris.

Mais je suis aussi très en colère contre moi-même. Je m'en veux énormément. Car cette injustice, c'est moi qui l'ai choisie, provoquée. J'aurais pu dire non, j'aurais pu dire que ce gramme de crack n'était pas à moi. Mais j'ai dit oui, j'ai avoué pour sauver mes potes. Je ne suis pas Superman, si j'ai accepté ce marché (sans savoir qu'il était pourri), c'est parce que je suis quelqu'un de droit et de fidèle en amitié. J'assume. Tout est de ma faute. Je ne jette finalement la pierre à personne, ni aux flics ni au juge. Je suis le seul et unique responsable de ma situation.

Je ne mesure pas encore à ce moment-là toutes les conséquences de cette incarcération, mais elle va évidemment changer ma vie. Si mes parents, mes frères et sœurs (sauf mon grand frère) m'ont soutenu tout du long, la prison m'a affecté plus que je n'aurais pu l'imaginer et mes rapports avec ma famille vont s'en ressentir.

J'éprouve une sorte de détachement émotionnel, une anesthésie des émotions qui fait que je prends tout avec désinvolture, avec froideur. Je suis devenu apathique. Le strict contraire de celui que j'étais avant de passer quatre mois en prison.

Surtout, j'ai un casier judiciaire maintenant. Autant dire que pas mal de portes risquent de se fermer pour moi au niveau de l'emploi. « Ta vie est gâtée. Maintenant que tu es mouillé jusqu'au bassin, vas-y, plonge. » Voilà dans quel état d'esprit je suis après moins de six mois enfermé. Quand je me dis qu'il faut que je plonge, ce sera à fond. Et je vais aller très profond…

5

NIQUE SA MÈRE, LA RÉINSERTION

Je n'ai qu'une seule idée en tête quand je sors de prison : rembourser ma mère. Elle a perdu tout l'argent de la tontine lors de la perquisition, les flics l'ayant gardé comme pièce à conviction. Et mes parents ont aussi payé un avocat. Je tiens vraiment à leur rendre jusqu'au dernier centime, même si pour eux il est normal de prendre un homme de loi pour défendre leur fils. Ils ne m'ont jamais rien demandé, mais il faut que j'efface cette dette envers eux, j'y mets un point d'honneur. Alors, comment faire ? Ce n'est pas avec mon maigre salaire de livreur de pizza que je vais y arriver. Ou alors, il va me falloir des années. Et je ne suis même pas sûr que Pizza Hut me reprenne avec un casier et un passage par la case prison.

Je n'ai pas le temps de demander ni d'attendre, je veux que ça aille vite. La solution, finalement, elle se trouve au coin de ma rue. Je décide de me mettre à vendre du crack. Ce sera provisoire, le temps de réunir la somme nécessaire et après, j'arrête. Voilà mon idée.

Une solution facile même si elle comporte des risques. Je suis prêt à les prendre, d'autant que maintenant, je sais ce que c'est la prison et je n'ai plus peur d'y retourner, même si je pense bien tout faire pour ne pas y remettre les pieds. C'est à Fleury-Mérogis que j'ai commencé à me renseigner sur la drogue qui se vend dans notre quartier et comment s'en procurer. C'est très facile à l'époque. Acheter des galettes à la Goutte d'Or, c'est comme aller chercher sa baguette à la boulangerie. Il suffit de demander à ceux qu'on appelle « les grands », les plus anciens, de nous en passer une et c'est parti.

— Tu peux m'avancer un quecin ?

Et on repart avec cinq grammes de coke, qui coûtent deux cents euros. Une fois coupés et transformés, on peut les revendre pour cinq cents euros et faire un bénéfice de trois cents. Facile.

Six mois plus tôt, je n'aurais pas imaginé prononcer ce genre de phrase. J'étais loin de tout cela, le nez dans mes mangas et dans mon PC. Je suis l'illustration parfaite de l'échec que peut représenter l'incarcération. Elle n'a pas du tout joué son rôle en ce qui me concerne, au contraire, elle a eu l'effet inverse. J'y entre sans aucun antécédent judiciaire, j'en sors avec le cerveau retourné et un diplôme de délinquant. Nique sa mère, la réinsertion, une vaste blague. On entend souvent que la prison est l'école du crime. Je l'appellerais plutôt la grande université du banditisme. Où on peut choisir ses profs et ses matières. C'est un véritable carrefour de la criminalité. On y croise beaucoup de monde. Quand j'arrive au D4, je ne connais que Barbès, que la Goutte d'Or, que les mecs de mon quartier. Pour moi, les délits se limitent au vol de téléphones portables et au deal de crack. Je n'ai aucune idée du reste, je suis un novice en matière de crime. C'est en prison que je rencontre des gars du 94, du 78 ou du 91, là que j'apprends qu'ils font des braquages, des cambriolages, des enlèvements, des escroqueries. Une excellente école en somme. D'autant que l'enfermement permet de tisser de vrais liens. On passe du temps avec des codétenus, des personnes qu'on n'aurait jamais rencontrées à l'extérieur. On finit par tout connaître de son compagnon de cellule ou de ceux qu'on côtoie en promenade et à la salle de sport : qui vient le voir ? Est-ce qu'il est marié ? Est-ce qu'il a des enfants ? Des frères et sœurs ? Combien de fois a-t-il été incarcéré ?

À peine sorti, je récupère une première plaquette et je me mets à vendre du crack à quelques pas de chez moi, avec Ty et Brad. À ma grande surprise, tout est super bien organisé. Les dealers sont postés au même endroit et effectuent leurs transactions les uns après les autres. Il y a un ordre de passage, des tickets, une queue, comme à la mairie ou à la Sécu. On appelle ça « visser » ou « placer ». Je travaille dans la rue, comme les autres, à l'ancienne. J'arpente la rue Myrha, évidemment, mais aussi non loin de là, la rue des Islettes. Il y a une cabine téléphonique qui sert de point de rendez-vous et je finalise mes transactions juste à côté, sur la place de l'Assommoir, à quelques mètres d'une école maternelle. Les vendeurs croisent les gamins, les toxicos passent à côté des mères de famille qui vont au marché. C'est un drôle de manège qui se déroule tous les jours dans ce quartier vraiment à part. Il faut dire qu'à l'époque, tout se fait de la main à la main. Pas le choix. Internet et les portables n'étaient pas encore dans toutes les poches, Uber n'existait pas, la livraison non plus. Si tu voulais ta dose, il fallait te déplacer jusqu'à ton dealer. Le concept d'« Uber shit » ou « Uber coke » est apparu bien plus tard, et a été renforcé par les réseaux sociaux.

Au bout de quelques jours à peine, je prends vite le pli et m'en sors plutôt pas mal. Je gagne un peu d'argent, mais je ne suis pas entièrement satisfait. Je commence alors à m'intéresser vraiment au produit que je vends. Je demande à mes amis : « C'est quoi le crack ? » Une question simple, qui peut paraître naïve, mais moi, je ne vois qu'un petit caillou blanc, je ne sais pas du tout ce que c'est. Personne n'a de réponse d'ailleurs. Je continue à poser la question à droite et à gauche, à me renseigner dès que je le peux auprès de dealers plus aguerris. Jusqu'à tomber sur des Sénégalais du quartier, qui m'expliquent comment ça se passe : « On zinecui », ils me disent. Je ne comprends pas du premier coup ce qu'ils me racontent et je finis par en payer un pour qu'il m'apprenne à fabriquer du crack. C'est comme ça que j'ai commencé à cuisiner, comme on dit. Ce n'est pas très compliqué, en réalité. Il suffit de mélanger la coke, le produit de base, avec du bicarbonate ou une coupe qui vient de Hollande et le tour est joué, on a sa « kette », une galette de crack. Cela peut paraître bizarre, mais ce n'est pas plus difficile que ça. Après, il faut savoir doser. Le secret, il est là. Je tâtonne un peu au début, mais je me fais la main rapidement. Et j'arrive à tripler mes bénéfices. Avec seulement vingt grammes de produit, je réussis à faire trois plaquettes, soit soixante grammes.

Un jour, alors que je suis posé rue Myrha sur un de mes points de deal, j'aperçois ma mère au loin qui arrive vers moi. Je file me cacher sans qu'elle me voie. Là, je me dis que j'ai eu chaud. Si elle m'avait chopé là, elle aurait vite compris que je m'étais mis à vendre de la drogue. Quelques jours plus tard, la même scène. Cette fois, je vois une dame du quartier que je connais bien, une amie de ma mère. Je ne sais pas comment, je l'évite et elle ne me capte pas. Ouf ! Le fric rentre, j'ai de bonnes méthodes de vente, je commence à devenir un des très bons dealers du coin. Trop sans doute. Cela provoque la jalousie des autres. Rien de méchant ni de violent, mais je sens que les choses peuvent mal tourner. L'un des grands qui m'aime bien vient me voir un jour. « Tess, tu es en train de nous piquer tous nos clients avec ta came là. C'est le jeu, on peut comprendre, mais tu sais, nous, on est des pères de famille, on a que ça, on a vraiment besoin de cette oseille. » Mes galettes sont de meilleure qualité que les leurs, c'est moi qui les fais et plus je cuisine, plus elles trouvent preneurs. Les crackeux se passent le mot et viennent me voir. Du coup, il y a de plus en plus de camés qui traînent dans le coin. Les « gueuchs », comme on les appelle. Conséquence : de plus en plus de vols, encore plus d'insécurité, plus de délits. Et les premières victimes de tout ça, ce sont les habitants du quartier, notamment les mamans que je connais. Je n'aime pas ça, je considère que je suis responsable de cette situation et elle ne me plaît pas du tout.

C'est à partir de ce moment-là que je dis à mes potes Ty et Brad : « Les mecs, la Goutte d'Or, c'est trop cramé. On connaît trop de gens ici et en plus on met trop de temps à écouler nos doses parce qu'on doit passer chacun notre tour. Le mieux, ce serait d'essayer de trouver un autre endroit. » Il faut bouger, et vite, pour ramener un peu de tranquillité, dans la mesure du possible, dans notre petit village. Je me mets alors en quête d'un autre endroit pour vendre. Pas facile. Il faut qu'il soit suffisamment éloigné de Barbès, mais pas trop loin non plus. Après quelques jours de recherche, je trouve le lieu idéal, à côté de la porte de Saint-Ouen, toujours dans le 18e arrondissement. Nouveau point de deal, un terrain plus safe, un « four » sécurisé, et sans avoir à attendre son tour, ni esquiver les flics du coin qui font des rondes régulières, à pied ou en voiture. Ils n'ont qu'à passer la porte de leur commissariat et tourner au coin de la rue pour se retrouver en plein cœur des transactions. Mais on est plus malins qu'eux et ils ont du mal à nous prendre en flagrant délit.

Rue Firmin-Gémier, notre « magasin » vient de naître, notre nouveau « four ». Un grand portail noir qui ouvre sur une résidence composée de plusieurs bâtiments. Une autre porte plus petite à l'opposé. Idéal pour entrer et sortir sans être vu et sans attirer l'attention. Un détail qui me plaît aussi beaucoup : on est à quelques mètres à peine de la rue Belliard, là où Jacques Mesrine se planquait. C'est d'un appartement situé non loin de là qu'il est sorti avec sa compagne, qu'il est monté dans sa voiture, avant de finir comme on le sait porte de Clignancourt. Mais je suis encore loin d'être l'ennemi public numéro un. Je me contente de faire vivre ce nouveau lieu du mieux que je peux. Pour ne pas me faire cramer, je me suis arrangé avec Billy, le toxico qui m'a sauvé lors de mon accident de vélo et qui me connaît depuis que je suis tout petit. Il devient mon rabatteur attitré. En échange d'une galette gratuite, il me ramène des clients. Comme l'endroit n'est pas connu des flics, on est tranquilles. Et de plus en plus d'acheteurs commencent à venir se fournir chez nous. On travaille essentiellement la nuit. Elle tombe vite, on est en janvier-février 2007, ce qui m'arrange bien. La plupart du temps, je bosse avec mes potes Ty et Brad, et parfois un ou deux autres. Un soir, ils sont tous partis en boîte. Je suis seul sur le pont, à attendre le client. Trois « gueuchs » envoyés par Billy arrivent pour une transaction classique. Généralement, j'ai les galettes à la main pour qu'ils les voient et puissent choisir celles qu'ils préfèrent. Ils me demandent deux cailloux et veulent voir ce que j'ai pour prendre les plus gros. Et d'un coup, ils me prennent le sac dans lequel je garde mon stock en me menaçant avec des seringues. « On a le sida et le tétanos. Si tu essaies de nous courir après, on te pique. » Et ils se carapatent avec toute ma marchandise. Je suis dégoûté et sur les nerfs. Le lendemain, je vais voir Billy pour lui expliquer ce qu'il s'est passé. Je lui décris les trois gars, il me dit de ne pas m'en faire, qu'il va régler ça, mais à sa manière. Quelques jours plus tard, il débarque au point de deal avec l'un des trois voleurs en me faisant signe de ne rien dire. Il fait mine de ne pas savoir que le type m'a piqué de la drogue. Quand on se retrouve tous les trois dans un recoin sombre pour lui vendre une dose, Billy l'attrape et le passe à tabac devant moi. « Tu reviens plus jamais ici », il lui dit avant de le laisser partir.

Tout se passe bien pendant deux, trois mois. J'engrange un maximum de bénéfices et je rembourse intégralement ma mère. Elle ne sait évidemment pas que je vends de la drogue. Ce que je fais, c'est que je pars le soir en lui disant que je vais bosser chez Pizza Hut, que j'ai retrouvé mon boulot de livreur, qu'ils m'ont repris parce que je travaille bien, mais en réalité, je vais vendre ma came. Pour ne pas éveiller ses soupçons, je ne lui ai pas rendu tout l'argent d'un coup, mais petit à petit. Elle est contente de voir que j'ai repris une vie « normale », que je suis de nouveau dans le droit chemin. À dire vrai, je n'arrête pas de lui mentir. Je m'en veux, mais je suis pris dans un engrenage. Un mensonge en appelle un autre et je ne veux surtout pas qu'elle apprenne que je me suis mis à vendre de la drogue. Cette nouvelle situation commence à me peser et à jouer sur mon caractère, je deviens de plus en plus irritable. Mes copains me le font remarquer. « Tess, on te reconnaît plus. »

J'aurais pu arrêter à ce moment-là, une fois que je l'avais remboursée, mais l'appât du gain est trop grand. On se fait vite à l'argent rapide. Et je me dis que je vais mettre de côté encore des sous, en cas de coup dur. Jusqu'à ce jour où je l'accompagne au marché de la Goutte d'Or…

6

PROMIS, DEMAIN J'ARRÊTE

Les promesses n'engagent que ceux qui les croient. Je ne sais plus qui a dit ça, mais c'est tellement vrai. Deux mois après ma sortie de prison, je suis devenu un autre Tess. Méconnaissable. Transformé en dealer, comme beaucoup de mes amis. Loin, très loin de mon bac pro, du lycée, des mangas et de l'informatique. Tout ce que j'ai tenté d'éviter durant vingt et un ans, jusqu'à ce mois de septembre 2006 et ce fichu contrôle d'identité qui a fait basculer ma vie dans une autre dimension.

Je ne traverse plus la frontière imaginaire du boulevard Rochechouart. Je reste dans le 18e arrondissement, même si j'ai changé de territoire, pour vendre ma « sess » à l'abri des regards et des connaissances du quartier. J'essaie de rester le plus discret possible. Pas pour éviter les flics, mais pour ne pas me faire griller par ma mère. J'ai plus peur qu'elle apprenne que je vends du crack que de me retrouver au commissariat ou retourner en prison. Je fais tout pour lui faire croire, à elle et aussi à tout le reste de la famille, à mes frères et sœurs, que tout va bien, que l'épisode Fleury-Mérogis est digéré, que c'est derrière moi et que j'ai repris ma vie d'avant. Je ne sais pas si elle a eu un doute à ce moment-là, on n'en a jamais parlé à vrai dire, comme si c'était un sujet tabou. Au fond de moi, je pense qu'une mère sent les choses. Elle ne veut peut-être pas le voir, elle se voile sans doute la face, elle préfère le Tess d'avant et elle s'est persuadée que c'est le cas.

De mon côté, j'essaie de faire comme si de rien n'était. En journée, je cuisine mes doses chez une cliente qui habite près de chez moi. En échange de doses gratuites, elle me laisse faire tout en me servant de nourrice. C'est elle qui garde ma marchandise quand je commence à en avoir une trop grosse quantité pour la laisser dans ma chambre. Le soir, je pars la vendre. Je planque mon fric un peu chez tout le monde. Enfin, chez des gens de confiance, je le dispatche pour que personne n'ait une somme trop importante en sa possession. Diluer le fric, pour diminuer les risques. J'en dépense un peu en vêtements et baskets, sans trop en faire pour ne pas attirer l'attention, des autres et surtout pas de ma mère. Parfois, je m'achète une nouvelle paire de sneakers, en disant que j'ai mis de côté entre mon salaire de livreur de pizza et les pourboires des clients. Excuse valable, tout du moins acceptable. Ça passe et elle ne me pose pas plus de questions sur le sujet, ce qui m'arrange bien pour être tout à fait honnête.

Mes affaires tournent mieux que ce que j'aurais pu imaginer en démarrant dans ce commerce pas comme les autres. Le fait de cuisiner le crack moi-même a changé la donne en réalité. Je fais plus de bénéfices, mais je me retrouve aussi avec plus de produit, que je ne peux pas écouler tout seul. Petit à petit, je passe du statut de simple vendeur à celui de semi-grossiste. Je fournis d'autres dealers avec mon surplus de came, ce qui me fait gagner encore plus d'argent. J'ai aussi mis en place une stratégie qui fonctionne plutôt pas mal, une sorte de marketing du crack, en utilisant les méthodes que j'ai pu voir en cours. Je fais des remises à mes acheteurs les plus fidèles et je vais jusqu'à proposer à chacun de mes clients d'en parrainer un autre. S'il me ramène un gars, il repart avec une dose offerte par la maison. Une sorte de carte de fidélité qui me vaut une très bonne réputation dans le milieu des crackeux.

Tout va donc pour le mieux, si tant est qu'on puisse parler comme ça quand on baigne dans le monde de la drogue. J'essaie au maximum de faire bonne figure quand je suis à la maison et de laisser sur le pas de la porte tout ce qui concerne mon petit business. Je joue au bon fils, en aidant ma mère comme je le peux.

Un matin, je l'accompagne au marché faire les courses. Alors qu'on se promène entre les étals, on croise deux toxicos à qui je vends sur mon nouveau point de deal. Je fais mine de ne pas les avoir vus, ils s'approchent quand même. Je tente désespérément de leur faire signe que ce n'est pas le bon moment. Mais un toxico en manque n'est pas dans un état normal et ils ne comprennent pas ce que j'essaie de leur dire, ils veulent juste leur dose. J'arrive à les faire partir tant bien que mal et on continue nos courses. Ma mère ne dit rien. Une fois rentrée à la maison, elle se met à pleurer. Elle a compris.

— En fait, quand ils t'ont arrêté la première fois, tu étais vraiment un dealer. Et une fois sorti, tu continues. Tu me mens depuis tout ce temps, Tidiane. Pourquoi tu fais ça ?

— Non, maman, je ne dealais pas quand les flics m'ont attrapé et je ne deale toujours pas, ce n'est pas vrai. Ils m'ont confondu avec quelqu'un d'autre, ils se sont trompés. Tu as bien vu, c'est des camés.

— Je ne te crois pas, mon fils. Je te demande juste une chose, je veux que tu me promettes de sortir de tout ça.

— Je te le promets, maman.

Ma mère est triste. Moi, je ne suis pas bien de lui avoir menti. Il faut que j'agisse. C'est à partir de ce moment-là que je prends une décision : j'arrête ces conneries pour tenir la promesse faite à ma mère. Pas le choix. Plus facile à dire qu'à faire... Car il me reste plus de soixante « meujs » (grammes) de « tossma » (drogue) sur les bras. Et, quand je dis à mes potes que je me retire du business, ils ne sont pas très enthousiastes. « Non, Tess, tu ne peux pas faire ça ! Qui va cuisiner pour nous ? On va faire comment ? Il nous reste encore du matos et à toi aussi. Tu ne peux pas tout écouler d'un coup pour stopper du jour au lendemain. Ce n'est pas possible, ce n'est pas comme ça que ça marche. »

Il faut que je trouve une solution, et vite. Je ne veux pas décevoir ma mère encore une fois.

Je tourne et retourne dans ma tête tout ce que je peux faire pour me sortir de là jusqu'à ce qu'un de mes amis me donne une information intéressante. Un autre pote du quartier, la Pioche, sort de prison dans quelques jours. J'y vois comme un signe. C'est peut-être lui qui va pouvoir me sortir de ce pétrin. Pour ça, il faut attendre un peu. Mais je suis impatient d'en finir. Et je décide d'attendre sa sortie de Fleury-Mérogis.

7

PLUS DURE SERA LA CHUTE

Je compte les jours jusqu'à la sortie de la Pioche tout en continuant à « tailleder » (à vendre au détail), mais le cœur n'y est pas. Je ne suis plus motivé. Je donne quand même le change, j'essaie de faire bonne figure car je sais qu'il ne me reste plus longtemps avant de raccrocher. Je ne veux rien dire à personne, surtout pas à mes clients, qui risqueraient de mal le prendre, alors je fais comme si de rien n'était. Je ne change pas mes habitudes. Je sors de chez moi en fin de journée et je file avec ma marchandise sur mon point de deal de la rue Firmin-Gémier. Il n'a pas encore été découvert par les flics et nous continuons à être relativement tranquilles pour faire nos affaires. Les voisins ne se doutent de rien. Il faut dire qu'on joue la discrétion à fond et que nous faisons rentrer les toxicos au compte-gouttes pour ne pas éveiller les soupçons. Comme ils entrent et ils sortent par deux endroits différents, le risque de croiser des habitants est moindre. Et nous les avons bien briefés : pas trop de bruit, on ne parle pas fort et on est poli avec les gens qu'on pourrait rencontrer. En réalité, peu de monde passe par là. Après « l'heure de pointe » entre dix-huit et vingt heures, la résidence est relativement calme. Et comme les crackeux viennent souvent plus tard, nous n'avons jamais eu de problème, à part ce vol de came que Billy a réglé.

Le moment tant attendu arrive enfin. La Pioche termine sa peine et on décide d'aller le chercher à sa sortie de Fleury-Mérogis. Il est neuf heures du matin, on l'attend devant la prison. Il arrive enfin, tout sourire. Après quelques accolades, on décide d'aller fêter sa libération avec un bon petit déjeuner, dans le quartier évidemment. Je le laisse atterrir un peu tandis que mon impatience grandit. On l'accompagne chez lui et dans les magasins pour faire quelques courses. Je ne tiens plus. Je le prends à part.

— Écoute, j'ai un truc à te dire. Je vais arrêter de dealer.

— Quoi ? Qu'est-ce que tu racontes, Tess ? Tu vas pas arrêter maintenant, alors que tu te fais plein d'oseille !

— Si, si, j'arrête. Moi, à la base, j'étais pas dans votre délire, c'était pas dans mes plans. Je m'y suis mis par la force des choses. Je voulais juste rembourser ma mère et mettre un peu d'argent de côté.

Je lui raconte la scène du marché et la promesse que je lui ai faite.

— Tu me connais, tu sais que, pour moi, la parole donnée est la chose la plus importante qui soit. Je suis quelqu'un de fidèle en amitié, mais la famille ça compte plus que tout. Alors je dis stop. Fini le deal. Bye bye le crack.

— OK, OK, je te comprends. Mais pourquoi tu me dis ça maintenant, comme si c'était un secret d'État ?

— Les autres sont au courant, t'inquiète. J'ai un truc à te proposer, ça va te permettre de te refaire : j'ai soixante grammes, je te les passe et je te donne aussi mon téléphone avec tous les contacts de mes clients. Tu coupes la came, tu la vends et tu me refiles la moitié du fric. Le reste est à toi.

Il prend quelques secondes interminables pour réfléchir et me donne son accord. On se tape dans la main.

— Bon, alors, voilà comment on va faire. Je te laisse le téléphone tout de suite et dès qu'un client appelle, tu me dis et je te montre comment on fait.

— Quoi ? Ah non, pas aujourd'hui, Tess ! Tu vas trop vite là, je sors de taule ce matin, je vais pas me mettre à dealer quelques heures à peine après avoir retrouvé la liberté ! Laisse-moi profiter un peu.

— Non, c'est tout de suite. Sinon, je vois avec quelqu'un d'autre. Et puis, pas de souci, le truc est bien rodé, il n'y aura pas de problème, je t'assure. Je te file le matos et si tu veux prendre ton temps, tu fais comme tu veux, tu me paieras quand tu pourras, une fois que tu auras tout vendu. Mais je te donne tout aujourd'hui, j'en ai marre, je veux me débarrasser de tout ça. C'est fini pour moi, je passe à autre chose.

Mon insistance et ma détermination finissent par le convaincre et il accepte ma proposition. Je suis euphorique, trop content d'avoir trouvé quelqu'un à qui transmettre le flambeau. Une personne de confiance en plus, on se connaît depuis tellement longtemps. Et, surtout, je vais enfin pouvoir reprendre une vie normale. Avant cela, il faut régler quelques derniers détails. Les soixante grammes qu'il me reste sont bien cachés dans ma chambre chez moi. Pour prouver ma bonne foi à la Pioche et le rassurer, je lui donne deux galettes.

— Garde ça avec toi, comme ça si un toxico appelle, tu peux lui vendre direct. Et je te donne le reste tout à l'heure.

En début d'après-midi, Billy, mon rabatteur, appelle. Un client. Comme nous sommes dans notre quartier et que c'est un acheteur régulier qui ne m'a jamais posé de problème, je demande à la Pioche d'assurer la vente dans un endroit tranquille de la rue Myrha.

— Vas-y, je le connais lui, il est carré, on peut faire ça ici, pas besoin de bouger porte de Saint-Ouen, il est du coin et c'est un gars sûr. Il en veut deux, ça tombe bien, tu les as. Je t'attends un peu plus loin là-bas. Comme ça, on fait un test en live et après tu récupères le reste.

La Pioche n'est pas très rassuré, il ne s'attendait pas à se retrouver à vendre aussi rapidement, mais, comme on dit, le client est roi. Il se rend sur le lieu prévu pour la vente. Je suis caché à quelques mètres pour vérifier que tout se passe bien. Le crackeux arrive et s'approche de la Pioche. Au moment où il va faire la transaction, des « vilcis » (des flics en civil) arrivent du bout de la rue. On ne les a pas repérés…

Merde… Il va « se faire plier », ils vont le prendre en flag alors qu'il sort de prison le matin même ! Heureusement, la Pioche a de la ressource et, avant qu'ils l'arrêtent, il a le temps d'avaler les deux galettes. Près de moi, une femme assiste à la scène. Tout se passe très vite et de manière assez violente. Elle pense que mon pote se fait agresser et hurle : « Appelez la police ! » Les policiers se retournent vers elle et lui rétorquent : « Ta gueule, c'est nous la police ! » Il faut dire qu'ils avaient de ces tronches à l'époque. Ils ressemblaient plus à des voyous qu'à des membres des forces de l'ordre. On avait bien du mal à les distinguer…

Je me précipite vers eux, je ne peux pas les laisser faire.

— Laissez-le, il n'a rien à voir là-dedans. C'est moi qui vends, pas lui.

Évidemment, ils ne me croient pas.

— Qu'est-ce que tu racontes, toi ? Vas-y, dégage et laisse-nous faire notre boulot !

— Non ! Je vous dis qu'il n'a rien fait. Écoutez-moi. Vous allez chez moi, c'est juste à côté. Le seul truc que je vous demande, c'est de ne pas casser la porte. Vous sonnez, il y a ma mère. Et vous allez dans ma chambre. Là, vous allez trouver soixante grammes.

— Tu te fous de notre gueule ?

— Je vous jure que c'est vrai. Allez-y, c'est juste là, pas loin, rue de la Goutte d'Or. Vous m'arrêtez après, je reste là avec vous. Mais lui, vous le laissez partir.

Ils sont surpris, c'est la première fois qu'on la leur fait, celle-là. Dans le doute, ils envoient un collègue vérifier ce que je viens de dire. Il ne faut pas plus de quelques minutes pour que le policier confirme par radio.

— C'est bon, c'est comme il a dit. Je sais pas s'il y a soixante grammes, mais il y a un joli paquet de came. Jackpot, les gars !

— Vous voyez ? Je ne vous ai pas menti. Prenez-moi et laissez-le, lui.

— Hors de question, on vous embarque tous les deux !

— Mais je vous dis qu'il n'y est pour rien dans tout ça ! Vous m'avez moi, ça vous suffit pas ?

— Deux pour le prix d'un plutôt, tu veux dire. Allez, les mains dans le dos qu'on vous mette les pinces.

Direction le commissariat de la Goutte d'Or. Mais, cette fois, la garde à vue sera différente de la précédente. Déjà, je sais comment ça se passe. Et puis, surtout, la quantité retrouvée fait que les choses vont vite prendre une autre tournure. Dans ces années-là, au-delà de trente grammes saisis, l'affaire doit passer directement à la brigade des stupéfiants du 36, quai des Orfèvres. C'était bien avant le déménagement de la police judiciaire dans le 17e arrondissement, à côté du nouveau tribunal, porte de Clichy. Au bout de cinq ou six heures entre interrogatoires et cellule (la même que la première fois), nous sommes transférés au 36. Là, on change carrément de catégorie. On passe en mode grand banditisme, crime organisé chez les vrais « Stups ». Autant dire que ça ne rigole pas du tout.

L'endroit est mythique. Moi, je ne l'ai vu que dans les films et les séries. J'avoue que cela fait quelque chose de se retrouver là, même si c'est avec des menottes aux poignets. On rentre par le porche pour se retrouver dans une cour pavée. Et on monte la centaine de marches qui mènent jusqu'aux bureaux de la brigade. Des images d'émissions de faits divers me reviennent en grimpant ces escaliers. Je suis les pas des plus grands criminels. Guy Georges, le tueur en série, est passé par là. Jacques Mesrine aussi. Et un nombre incalculable d'assassins, de trafiquants, de criminels endurcis. Je prends conscience à ce moment-là que ma situation est plus que délicate et va prendre une sale tournure. Mais je pense d'abord à la Pioche. Je dois tout faire pour qu'il ne retombe pas, il est impossible pour moi qu'il retourne en prison alors qu'il vient d'en sortir.

Dans le bureau où je suis installé pour mon interrogatoire, c'est ce que je m'efforce de faire. Je prends tout sur moi. Un des flics me demande de coopérer et de lui dire qui me fournit la drogue en me faisant miroiter une libération immédiate. Je refuse net, on me l'a déjà faite celle-là. Il n'insiste pas plus que ça. Il a vite compris que je ne suis pas une balance.

— C'est bien, t'es un vrai bonhomme, toi, me dit un de ses collègues.

Et on part chez la juge. Même topo. Je lui explique que la Pioche n'a rien fait, que c'est moi le dealer. De manière surprenante, elle m'écoute attentivement et commence même à me croire. Il faut dire que les policiers du commissariat de la Goutte d'Or ont déjà mauvaise réputation. Les comportements limites du Shérif et de ses acolytes commencent à remonter à la hiérarchie et dans les couloirs du palais de justice. Il y a de gros doutes sur cette équipe, et certains magistrats et d'autres flics ne se cachent plus pour dire que ce sont des ripoux, et pas des petits. Donc, la juge vérifie les dépositions et les déclarations de ceux qui nous ont arrêtés et elle se met à douter de la bonne foi des flics. Ils ont d'abord affirmé qu'ils avaient arrêté une seule personne et on se retrouve à deux en garde à vue. Quelque chose cloche. Elle en fait part aux enquêteurs.

— Il y a un problème... Je ne comprends pas ce que la Pioche fait ici. Vous dites qu'il n'y avait qu'un vendeur. Tess dit que c'est lui et vous trouvez de la drogue à l'endroit qu'il vous a indiqué. La Pioche, lui, dit qu'il n'a pas effectué la transaction et vous ne trouvez aucune trace de drogue chez lui.

Je pense qu'elle s'est dit que les flics ont voulu taper fort. Comme la Pioche a des antécédents pour stups, elle pense qu'ils l'ont embarqué pour le remettre en prison. Mais ce n'est pas clair et leur réputation les précède. Elle décide finalement de le libérer. Bénéfice du doute. Je suis soulagé et content pour lui.

Mon cas, par contre, ne va pas s'arranger. En comparution immédiate, vu que c'est un flagrant délit et que j'ai avoué, la sentence tombe rapidement : deux ans, dont un ferme. Comme j'avais un sursis d'un an après ma première condamnation, celui-ci tombe et je me retrouve avec une peine de deux ans ferme à effectuer. Retour à la case Fleury-Mérogis. Deux mois après l'avoir quitté, me voilà de nouveau au D4…

8

DRÔLE D'ENDROIT POUR UNE RENCONTRE

Les portes se referment derrière moi une nouvelle fois, seulement huit semaines après les avoir franchies dans le sens inverse. Je m'étais juré de ne pas revenir de sitôt, c'est raté. Les surveillants ne sont même pas surpris de me revoir si peu de temps après. Ils ont l'habitude de croiser souvent les mêmes « clients ». Le quartier des arrivants est une formalité. Je ne suis plus déboussolé, je sais ce qui m'attend, j'y étais il n'y a pas si longtemps que cela. Au bout de trois jours, j'intègre ma cellule. Et je fais la connaissance de mon codétenu. Au premier abord, le gars avec qui je vais devoir partager dix mètres carrés durant vingt-quatre mois n'inspire pas la confiance. Un visage balafré, borgne, un molosse d'un mètre quatre-vingt-dix et quatre-vingt-dix kilos de muscles. Un beau bébé… Cette première impression ne dure pourtant que quelques secondes.

— Salut, moi c'est Jazz. Bienvenue dans notre palace.

Poignée de main ferme, mais il a dit ça le sourire aux lèvres, limite en rigolant. Il n'a pas l'air si méchant que ça. Toujours se méfier des clichés et de l'image que les gens peuvent renvoyer au premier abord.

La cohabitation se passe bien. Je prends rapidement mes marques. La prison, c'est comme le vélo, ça ne s'oublie pas. Et là, cela faisait à peine deux mois que j'en étais sorti. Juste le temps de s'habituer à la liberté… Brouhaha permanent, portes qui claquent, bruit de serrures régulier, hurlements de détenus, parloir, cantine, petits trafics pour améliorer le quotidien. Je sais que je suis ici pour deux ans, même si avec les remises de peine, je pense sortir un peu avant, alors autant en profiter.

On a récupéré une PlayStation et on passe beaucoup de temps à jouer avec Jazz. Je le bats tout le temps, ce qui a le don de l'agacer. Même le jour de sa libération, il ne voulait pas quitter Fleury avant de m'avoir battu. Il a presque fallu le sortir de force de la cellule… Et nous faisons beaucoup de sport aussi. Plutôt que de ne rien faire ou de passer mon temps à m'abrutir devant la télé, je me mets à la musculation. J'en fais dès que j'en ai l'occasion, parfois plusieurs heures par jour. J'avais déjà le caractère un peu changé après ma première peine, c'est au tour de mon corps d'évoluer avec ce deuxième passage. À force de soulever de la fonte, je prends douze kilos. Que du muscle !

Les journées se suivent et se ressemblent quand on est incarcéré. Une fois par semaine, j'attends la visite d'un de mes petits frères, Kara. Il me ramène des vêtements, de la nourriture, de quoi améliorer mon quotidien. Ma mère vient aussi une fois par mois, mais j'avoue, si je suis content de la voir, je n'aime pas trop me retrouver devant elle au parloir. L'endroit n'est pas des plus sympathiques et me retrouver devant elle, dans une salle sans âme et sans intimité, me met aussi face à mes contradictions, à mon comportement irresponsable. Je peux lire la déception dans son regard, même si toute la famille me soutient dans cette épreuve. Toute ? Presque toute, plutôt. Il n'y a que mon grand frère, Le Rouns, qui est fâché contre moi et qui refuse de venir ou de me parler. Il ne comprend pas comment j'en suis arrivé là et je n'ai pas vraiment eu l'occasion de lui raconter réellement tout ce qui s'est passé. C'est une véritable fêlure pour moi, mais là où je suis, je ne peux pas y faire grand-chose, je dois accepter, subir la situation et vivre avec. J'espère avoir le temps de m'expliquer avec lui plus tard.

En prison, il faut être costaud mentalement pour ne pas sombrer dans la dépression à cause de l'ennui ou, pire, dans la violence, pour se donner une image de mec fort et se faire respecter. Au D4 de Fleury-Mérogis, je n'ai pas vraiment besoin de jouer au caïd. Les gars du quartier qui y sont me connaissent, ils savent que je suis un mec droit, pas une balance, et quelqu'un en qui on peut avoir confiance. Je suis donc relativement tranquille, en terrain connu, avec des gens que je côtoie plus ou moins à l'extérieur. Deux mois après mon arrivée, il y en a un que je connais bien qui refait son apparition : la Pioche... Il n'aura pas tenu très longtemps. J'ai réussi à lui éviter de replonger en prenant tout sur moi, et le voilà qui redébarque ici pour une autre histoire de came. Je suis content de le revoir et triste à la fois, pour lui, pour moi, pour nous tous les mecs de la Goutte d'Or en fait.

Je commence à me faire une raison. Deux peines de prison en peu de temps à vingt-deux ans à peine, je suis mal barré. La nuit est propice à la réflexion, encore plus quand on est en cellule. Je suis conscient que j'ai déconné, je m'en veux et, en même temps, je suis dans l'excitation du fric rapide, de la vie sans travailler mais en gagnant beaucoup, pas de routine, tout le contraire de beaucoup de parents de Barbès, qui triment comme des chiens, obligés de se lever à l'aube pour des salaires de misère. Un vrai dilemme et de vraies questions. Est-ce que la manière de s'en sortir en venant de là où je viens, c'est d'être hors la loi ? Qu'est-ce que je vais faire à la sortie ? Je suis tiraillé entre l'envie réelle de me réinsérer dans la société, même si cela me paraît de plus en plus difficile, et continuer dans le trafic de stupéfiants.

D'autant qu'au fil des jours, j'étoffe mon réseau de contacts et de connaissances de ce monde du grand banditisme et du crime organisé. La promenade est le lieu le plus propice pour cela. C'est là que la Pioche me présente un de ses amis, Bram's. On se lie d'amitié et on se promet de continuer à se voir une fois dehors. Lui, c'est un pro du commerce. Il a la vente dans le sang. On ne sait jamais, ça peut servir pour plus tard… Durant ces moments à l'extérieur de ma cellule, je remarque un homme qui tourne dans la cour, puis va s'asseoir. Tous les jours, c'est le même schéma. Plusieurs tours et il se pose sur un banc. Il a l'air d'avoir une trentaine d'années déjà et de ne pas être français. Il reste toujours seul dans son coin, il ne parle à personne et il porte toujours les mêmes vêtements. Je le surveille du coin de l'œil et je me décide, au bout d'un moment, à aller le voir. Il me fait un peu de la peine à vrai dire et j'ai envie de l'aider.

— Si tu veux, j'ai des vêtements que je peux te prêter.

— C'est gentil, mais je n'en ai pas vraiment besoin. Il me faut juste un téléphone pour pouvoir appeler ma femme. Si j'arrive à lui parler, je n'aurai plus de souci de fringues, elle pourra aussi m'envoyer des mandats pour cantiner.

Il parle avec un accent que je ne reconnais pas. Il finit par me dire qu'il s'appelle Armando et qu'il est brésilien. On sympathise et je le dépanne de quelques pâtes et autres produits. Je me débrouille aussi pour lui faire passer un téléphone. Au bout de quelques jours, je constate qu'il a reçu des vêtements et de l'argent. Il me remercie chaleureusement. On discute pas mal tous les deux durant les promenades. Il m'explique qu'il est là pour trafic de stupéfiants, mais qu'il n'a rien fait. Il ne rentre pas dans les détails et je ne pose pas plus de questions, c'est un peu la règle ici. Moins on en dit ou moins on en sait, mieux on se porte. Mais je comprends vite qu'il fait dans la coke. Je reste, moi aussi, évasif sur le motif de mon incarcération, en lui racontant juste que je suis tombé comme lui, pour une sale histoire de came.

— Tu vends quoi ?

— Du crack.

— C'est de la merde ça. Tu veux un conseil ?

— Oui, vas-y, dit toujours.

— Tu devrais arrêter. Le jeu n'en vaut pas la chandelle. Crois-moi, je sais de quoi je parle.

On se retrouve comme ça à chaque promenade. J'aime bien parler avec lui. Il est plus âgé, on apprend toujours de ses aînés. Moi, j'ai vingt-deux ans à ce moment-là, je suis un bébé dans ce milieu. Lui, il a vécu déjà pas mal de choses. Il me raconte le Brésil, la vie là-bas, à São Paulo. Je lui fais découvrir, par les mots, Barbès et la Goutte d'Or. On trouve des différences mais aussi, de manière surprenante, beaucoup de similitudes entre ces deux endroits séparés par des milliers de kilomètres. L'inégalité qui y règne, la pauvreté parfois, le chômage. Le trafic de drogue comme seule et unique manière de gagner de l'argent et de survivre. Ou les vols. Bref, pour s'en sortir, la délinquance semble être le passage obligé. Favelas et rue Myrha, même combat.

Au bout de huit mois, Armando sort, il est arrivé à la fin de sa peine. Avant de partir, il me glisse un petit bout de papier en me serrant la main.

— Tiens, c'est le numéro de ma femme. Quand tu es libéré, tu l'appelles. On ira boire un verre. Et on se donne des nouvelles.

— Merci, promis, je l'appellerai.

— Tu es quelqu'un de bien, Tess. Je te remercie encore, sans toi, je n'aurais pas pu la contacter, alors n'oublie pas, on se voit à ta sortie. Et puis, nos petites discussions en promenade vont me manquer, j'en suis sûr !

On rigole, on se salue et il s'en va. Moi, il me reste encore presque un an à faire au D4. Je prends mon mal en patience, mon tour va finir par arriver. En attendant, j'ai tout le temps pour réfléchir et penser à la suite. J'avais déjà décidé d'arrêter avant l'histoire avec la Pioche et notre arrestation. Ce deuxième passage en prison ne fait que confirmer mon intention. Et je repense à ce que m'a dit Armando sur le crack, qui me conforte dans cette idée. Reste à savoir quel chemin je vais pouvoir prendre ensuite… Avec presque vingt-quatre mois de prison sur le dos pour des affaires de stups, mon CV ne risque pas d'attirer les employeurs potentiels. Et puis, pour faire quoi ? Je n'ai pas de diplôme, j'ai un trou de deux ans dans mon parcours, j'habite la Goutte d'Or et, cerise sur le gâteau, je suis noir. Tout pour plaire. Plus les jours passent à Fleury-Mérogis, plus je me dis que, en réalité, je n'ai pas vraiment le choix.

9

IL EST LIBRE, TESS

Septembre 2008. Ça y est, je suis enfin libre. Après dix-huit mois au D4, je retourne au quartier. Durant mon absence, la Goutte d'Or a changé. Je ne m'y attendais pas. Je sens qu'elle évolue, même si beaucoup de choses restent presque comme avant. La grande enseigne Tati a disparu, le Louxor a fait peau neuve, le café Barbès est devenu un endroit hype et bobo. Et au milieu de tout cela circulent encore les vendeurs de cigarettes à la sauvette, les picpockets et, toujours, quelques dealers. Comme un symbole, le square Léon a fait l'objet d'une rénovation complète. Il a été entièrement refait en 2007. Quand j'y retourne, je ne le reconnais pas. Le bac à sable dans lequel les camés balançaient leurs seringues et dans lequel je jouais quand j'étais petit n'existe plus. Ce parc est à l'image de l'évolution de cette partie du 18e arrondissement, qui se gentrifie, malgré un socle d'habitants qui restent et qui sont là depuis des décennies. On y voit plus de familles, plus de Blancs. Des couples avec des enfants et un emploi stable plutôt bien payé commencent à s'installer dans les rues qui forment notre territoire, les loyers augmentent. Surprenant pour quelqu'un qui n'a pas mis les pieds ici depuis presque deux ans.

Sur plus d'un demi-hectare, de nouveaux aménagements ont vu le jour dans mon ancien jardin d'enfance, avec des aires de jeux et un superbe terrain de foot à cinq. En s'y promenant aujourd'hui et en levant la tête, on aperçoit une immense fresque sur la façade d'un immeuble. Elle est devenue le symbole du renouveau du quartier. En face, le terrain de foot arbore fièrement en lettres jaunes un « La Goutte d'Or » surplombé par un beau terrain de basket. Sur le bord de la pelouse, une grande stelle avec deux messages : « Crois en tes rêves, réalise-les » et « Tomber, se relever ». Quand on s'approche, on y voit aussi des dates et des noms de pays : 2019, Côte d'Ivoire ; 2021, Mali ; 2022, Tunisie ; 2023, Mauritanie. C'est ici, dans la cage (comme on surnomme le terrain de « five », foot à cinq), que se déroule tous les ans la Coupe d'Afrique des Nations du 18e. Durant un mois, c'est la fête du foot et la fête tout court, au-delà des différences ethniques et religieuses. Tout le quartier est réuni dans une ambiance festive et prouve que, malgré les difficultés, on peut tous vivre ensemble. Chacun se retrouve dans l'équipe de son pays d'origine et c'est l'occasion d'organiser des concerts et des barbecues autour des matchs. C'est ça, le Barbès de maintenant. C'est ça, la Goutte d'Or que j'aime.

Les toxicos sont toujours là, eux aussi, peut-être un peu moins visibles, mais toujours aussi nombreux. En voyant ces « geuchs » errer comme des zombies, sales, ayant du mal à marcher, je me dis que j'abuse, que c'est vraiment trop. Je prends leur argent, je les entraîne vers la mort. « Réveille-toi, Renoi. Tu es passé du côté obscur, OK, mais là, c'est pire que ça, tu es dans les ténèbres et elles vont finir par te porter la poisse. Même si tu fais du mal aux autres, essaie d'en faire le moins possible... » Voilà la réflexion qui tourne dans ma tête depuis ma sortie. Et je repense à ce que m'a dit un crackeux un jour, un mec plutôt bien, qui a fait des études, mais qui est tombé dedans. « La première fois que tu prends du crack, c'est une sensation unique. Tu vois une lumière. Et ensuite, à chaque fois que tu en consommes, c'est pour essayer de retrouver cette lumière, mais elle ne revient jamais. Et c'est trop tard... » Je n'ai jamais eu envie d'essayer cette merde et je vous le déconseille. Il ne faut pas le faire, dès la première dose, elle vous rend accro.

Certains de mes potes continuent à vendre à la nuit tombée. Les alcooliques s'obstinent à boire jusqu'à la fermeture des bars. Cette situation ne fait que confirmer ma décision de me tenir éloigné du crack et de certains de mes copains. D'autant que ma libération est assortie de certaines contraintes. Je dois me soustraire à plusieurs obligations liées à mon contrôle judiciaire et à ma « réinsertion ». Des guillemets volontaires, car, en réalité, on ne me propose pas grand-chose... Je suis retourné chez mes parents, j'ai retrouvé ma chambre à l'étage de notre appartement familial et je vivote. Je me tiens à carreau durant les six mois qui suivent ma sortie, sous l'œil de lynx de ma mère et de mes frères et sœurs, qui me surveillent de près. Je fais attention à mes fréquentations, mais je continue à voir mes plus proches amis.

Un soir, lors d'une discussion avec eux, je leur annonce que j'ai pris une grande décision :

— Le crack, c'est vraiment fini pour moi, comme je vous l'ai dit avant de me faire choper. Vous avez vu, je n'y ai pas touché depuis que je suis revenu de Fleury. Cette drogue, elle porte la poisse, elle ne m'a attiré que des ennuis. Et quand je vois les ravages qu'elle fait sur les toxicos, c'est vraiment un produit de merde. C'est la drogue du pauvre en plus. Ça ne vaut pas la peine de prendre des risques pour ça.

— OK, Tess. Mais tu vas faire quoi ? Tu vas reprendre tes études ? Pour finir dans un bureau ? Faut déjà que tu trouves une école qui t'accepte. Tu vas faire livreur de pizza toute ta vie ? C'est quoi ta solution ?

— J'ai eu le temps de bien réfléchir dans ma cellule. Et j'ai décidé que j'allais vendre de la zipette.

— Quoi ? T'es encore dans tes délires, mec ! Tu vas la vendre comment et à qui ? Personne ne vend de la coke à la Goutte d'Or ! Du crack et du shit, oui, mais la coke… C'est trop cher, personne va en acheter par ici.

— Je sais tout ça. Mais je compte pas le faire dans le 18e. On va le faire dans les beaux quartiers, là où il y a du pognon et des clients.

— Et tu vas faire comment ? On ne connaît personne dans ces coins-là !

— Je sais pas encore, mais je vais me débrouiller…

Voilà, c'est dit. Nous sommes en janvier 2009, j'ai attendu patiemment six mois avant d'annoncer la couleur. Il n'y a plus qu'à mettre en pratique mon idée, soufflée par Armando, qui m'a convaincu lors de nos promenades de ne plus faire dans le crack. J'y crois, même si je ne sais absolument pas comment je vais m'y prendre. Des heures, des jours, des mois de réflexion pour en arriver là. Ma décision est prise. Non, je ne vais pas reprendre une activité normale, une vie bien rangée. Je n'en ai pas les moyens. La société non plus ne me permet pas de les avoir. En France, quand on sort de prison, il est difficile, voire impossible, de se réinsérer. Donc ma seule solution est de me consacrer à ce que je faisais plutôt bien avant, mais en changeant de produit. À savoir, devenir refourgueur de zipette. Bien sûr, je n'en touche pas un mot à ma famille et je demande aux quelques personnes à qui j'ai fait part de mon projet de la fermer.

C'est aussi à ce moment-là que je décide de contacter la femme d'Armando. J'ai gardé son numéro précieusement, mais je voulais laisser passer un peu de temps après ma sortie avant de la joindre. Je n'ai pas eu de nouvelles de mon ancien compagnon de promenade, je ne sais pas s'il est resté en France ou s'il est retourné au Brésil. Bref, le temps est venu de rétablir la connexion entre nous.

J'appelle donc sa femme et je lui laisse mon téléphone pour qu'il puisse me joindre. Quelques minutes plus tard, Armando est au bout de la ligne. Il est content de m'entendre, on se donne des nouvelles et j'apprends qu'il est au Brésil, chez lui, à São Paulo.

— Tu vas bien, Tess ?

— Oui, ça va, et toi ?

— Écoute, tout roule. Et tu fais quoi maintenant que tu es sorti ?

— Rien de spécial.

— Ça tombe bien que tu appelles maintenant. Je peux te demander quelque chose ?

— Oui, vas-y.

— Ma fille va venir à Paris dans deux semaines pour ses vacances. Tu pourrais aller la chercher à l'aéroport ? T'inquiète pas, je lui ai réservé son hôtel. Il faut juste la récupérer et la déposer.

— Pas de souci. Tu me préviens juste du jour de son arrivée, de son vol et tu me donnes l'adresse de l'hôtel. C'est comme si c'était fait.

— Merci, Tess. Je savais que je pouvais compter sur toi. Après, elle se débrouille toute seule, elle n'a pas besoin d'un chaperon, mais ça me rassure que quelqu'un de confiance puisse l'accueillir à son arrivée. Elle ne parle pas trop le français, c'est compliqué. Et puis, une jeune femme seule, comme ça. Bref, je préfère te la confier.

— J'irai la chercher, ne t'en fais pas.

— Merci, mon ami. Je t'envoie les détails par SMS. Et on se rappelle vite pour parler, comme au temps de nos promenades à Fleury !

— Avec plaisir !

Deux semaines plus tard, je suis à Roissy. Daniela sort de la zone de contrôle. Elle n'a qu'un petit sac à dos et une valise pas très grande avec elle. Plutôt jolie, je l'imaginais un peu plus jeune. Armando a dû être père assez tôt. On roule jusqu'à son hôtel dans le centre de Paris sans trop pouvoir discuter. Je ne parle pas brésilien et elle n'a que des notions rudimentaires de français, c'est un peu compliqué pour communiquer. Je comprends juste qu'elle est là pour une semaine, qu'elle est venue seule et qu'elle va visiter la capitale. Elle n'est jamais venue en France et c'était son rêve. Son père l'a exaucé en lui offrant ce voyage pour Noël.

Une fois arrivés devant l'hôtel, je l'aide à sortir sa valise et je m'apprête à repartir.

— Non, non, ne pars pas ! Monte avec moi, s'il te plaît, j'ai quelque chose pour toi.

Je comprends vaguement qu'elle doit me donner un cadeau de la part d'Armando. Je lui demande de m'attendre à la réception, le temps d'aller garer la voiture et je l'aide à faire son check-in. Puis nous arrivons dans sa chambre. Là, elle me dit d'attendre et elle file dans la salle de bains en courant. Je reste assis sur le bord du lit, les minutes passent. C'est long. Je commence à m'inquiéter. Je finis par toquer à la porte pour lui demander si tout va bien. Elle m'explique que oui, qu'elle arrive. J'attends encore. Je ne sais plus combien de temps, mais ça me semble interminable. Je me demande bien ce qu'elle peut faire…

Elle finit par sortir. Elle est un peu pâle et j'imagine qu'elle est un peu malade. Tout sourire, elle me dit :

— Surprise ! C'est pour toi, de la part d'Armando. Il m'a dit que tu l'appelles quand tu auras ouvert ton paquet-cadeau…

10

IL FAUT DONNER SA CHANCE AU PRODUIT

Je n'en crois pas mes yeux. Devant moi, posées sur le lit, s'étalent plusieurs centaines de doses de cocaïne bien emballées. Et pas qu'un peu. Il doit y en avoir entre quatre-vingt-dix et cent, soit quasiment un kilo de sess ! On appelle ça des « doigts » dans le jargon. Des petits paquets de forme ovale qui ressemblent à des Kinder Shoko-Bons. Quand le produit est emballé de la sorte, c'est un gage de qualité et de pureté. À l'époque, les tarifs sont deux fois plus élevés qu'aujourd'hui. J'ai sous les yeux au moins soixante mille euros de marchandise. Je suis sans voix. Je reste là, devant la fille d'Armando, qui me tend un téléphone. Encore sous le choc, je le prends et le colle à mon oreille. Le Brésilien est à l'autre bout du fil, hilare.

— Alors, Tess, il te plaît mon petit cadeau ? Il y a cent grammes pour toi. C'est de la pure, hein, qualité extra. Pour le reste, quelqu'un va venir le récupérer à l'hôtel, ne t'en fais pas.

— Mais, Armando... Ta fille...

Et je comprends à ce moment-là. Bien sûr que ce n'est pas sa fille. Il m'a envoyé une mule. Je rigole à mon tour de ma naïveté. Une fois ce petit moment passé, place aux choses sérieuses. Je me retrouve avec cent grammes de coke pure sur les bras. Pendant qu'Armando me parle, je me dis que tout ça est bizarre, que je vais encore me retrouver dans des problèmes. Et, en même temps, je me réjouis. Cette drogue est littéralement tombée du ciel. C'est chaud, mais après tout, j'ai là de quoi lancer mon nouveau business. Reste à voir ce que mon ancien compagnon de prison veut en échange. Car il ne fait pas ça uniquement pour me remercier de l'avoir aidé quand nous étions incarcérés. Il doit bien avoir une idée derrière la tête.

— Écoute, tu es un bon gars, tu es sérieux, tu m'as prouvé que je pouvais avoir confiance en toi et tu es malin. Alors je te propose un marché. Je t'envoie un produit d'une grande qualité à un prix défiant toute concurrence, tu en gardes une petite partie pour toi, et tu fourgues le reste pour moi au tarif de Paris. Tu en penses quoi ? On commence par ce que Daniela vient de transporter et, pour te montrer que je suis sérieux, pour cette première fois, je te fais cadeau de la marchandise qui te revient. On se mettra d'accord ensuite pour instaurer un bon tarif, OK ?

Vendu ! Il ne me faut pas longtemps pour accepter sa proposition. On décide de se tester avec cette première livraison avant de confirmer les modalités de notre future collaboration. Ne me reste plus qu'à trouver des acheteurs. Plus facile à dire qu'à faire… Les clients pour ce genre de produit ne se trouvent pas à la Goutte d'Or. Il faut aller les chercher dans les beaux quartiers. Compliqué à ce moment-là. Internet n'est pas encore développé comme aujourd'hui, il n'y a pas les réseaux sociaux. Bref, il faut se déplacer pour livrer en mains propres. Les prémices d'une sorte d'« Uber coke ». Mais il y a encore de l'appréhension, ces gens ont peur des gars comme nous, ils nous considèrent comme dangereux, ils nous imaginent armés jusqu'aux dents, venant de cités peu recommandables. On est plus enclavés qu'aujourd'hui, chacun dans son coin, on sort rarement de nos quartiers respectifs, il y a très peu d'échanges, d'interactions, même entre les différents arrondissements de Paris. Chacun reste à sa place en quelque sorte et tout le monde se porte bien.

Je réfléchis pendant des jours à comment trouver des acheteurs potentiels sans vraiment de solution en tête quand mon pote Ty m'appelle.

— Tess, tu m'as bien dit que tu voulais vendre de la sess et que tu en as un peu sous le coude ?

— Oui, mais je ne sais pas encore comment je vais m'y prendre.

— J'ai un crackeux régulier qui connaît une nana qui en cherche. Elle est vers les Invalides, chez lui. Tu penses que tu peux gérer ça et lui en passer un peu ?

En un rien de temps, je me retrouve dans le 7e arrondissement et, à ma grande surprise, face à une prostituée chinoise qui m'achète deux grammes d'entrée.

— J'espère que c'est de la bonne…

On échange nos numéros car, me dit-elle, si le produit lui plaît, elle me rappellera. Elle cherche un nouveau fournisseur et comme je suis recommandé par quelqu'un qu'elle connaît, elle préfère faire affaire avec moi. Moins de deux heures plus tard, mon téléphone sonne.

— Dis donc, c'est de la super came que tu m'as filée ! Elle est vraiment bien ta coke. Passe chez moi, je t'en reprends deux ou trois grammes tout de suite.

Et me voilà reparti. Cette fois, près du Champ-de-Mars et de la tour Eiffel. La classe. J'arrive et elle m'invite à m'asseoir dans un grand canapé moelleux. On parle un long moment. On fait notre transaction et elle continue de parler, et parler encore, en me regardant d'un air chelou, comme si elle attendait autre chose. Je ne comprends pas trop ce qu'elle cherche ni ce qu'elle veut et je finis par me lever pour partir. Sur le pas de la porte, elle me tire par la manche.

— Tu es gentil, toi.

— Pourquoi tu dis que je suis gentil ?

— Tu es le seul dealer que je connais qui n'a pas essayé de me baiser.

— Ben, je suis pas venu ici pour te baiser en fait, je suis juste passé pour te vendre de la coke.

Elle sourit et me dit qu'elle veut me présenter quelqu'un. On convient de se revoir le lendemain. Le rendez-vous est pris dans un bar du centre de Paris. Elle est assise à l'intérieur avec un gars en costume-cravate.

— Je te présente Mathieu. Je pense que vous avez des choses à vous dire.

Et elle s'éclipse. Il sourit, on commande à boire et il m'explique qu'il est trader, qu'il gagne plein de fric, que le prix de ma marchandise n'est pas un problème pour lui. En parallèle de son activité professionnelle, il organise des fêtes un peu spéciales. Des soirées libertines dans un manoir pas loin de là où nous sommes.

— Des partouzes, quoi.

— Je préfère appeler ça des orgies, ou des parties fines. Mais fais comme tu veux. Le truc, c'est que mes invités sont très exigeants et je me dois de leur fournir la meilleure coke possible pour pouvoir continuer à les faire venir à mes petites sauteries. J'ai goûté la tienne et, vraiment, elle est parfaite, pile comme ils aiment. C'est exactement ce que je cherchais. Parce qu'en ce moment, ce qui se vend sur Paris, c'est de la merde.

Les choses prennent rapidement de l'ampleur avec Mathieu. À chaque soirée qu'il organise, il me passe commande de vingt ou trente grammes. Et des soirées, il en monte plusieurs par mois. Je ne lui vends pas de la pure à 100 %

bien sûr, je la coupe un peu. Disons que sur cent grammes, je me contente de dix à quinze grammes de coupe, histoire de ne pas trop détériorer le produit et pour qu'il soit encore d'une grande qualité sans être trop puissant. Je n'ai pas envie de me retrouver avec une overdose sur les bras...

Petit à petit, le business prend de l'importance, beaucoup d'importance. Grâce à Mathieu, mon réseau grandit. Plus je vais le voir, plus ses amis ou ses connaissances m'apprécient. J'entends des : « Lui, je l'aime bien, il est sympa, il est pas comme les autres. » Et Mathieu me dit aussi : « Il y a telle personne qui veut ton numéro, je peux lui passer ? » J'accepte à chaque fois et je commence à avoir beaucoup de clients. Des acteurs, des avocats, des mannequins, d'autres traders comme lui, et même des joueuses de tennis. Le commerce devient de plus en plus lucratif. Bien plus intéressant que le crack. J'ai eu raison. Carnet de commandes plein et nombre d'acheteurs qui ne cessent de grandir au fil des semaines.

Des acheteurs que j'ai réussi à fidéliser et à mettre en confiance. Au point que certains me passent commande et me laissent les clés de chez eux sous leur paillasson pour que je les livre directement à domicile en leur absence. « Laisse tout sur la table du salon, tu trouveras le fric dessus. » D'autres me demandent aussi de leur rendre des petits services supplémentaires. « Je t'ai mis ma carte bleue sur le meuble de l'entrée avec le code sur un bout de papier. Prends-la, passe me prendre une bouteille de whisky à l'épicerie et retire le fric pour te payer. » Une fois, l'un d'entre eux me fait même venir jusque dans sa maison de campagne, à une heure trente de Paris, pour une simple livraison. Il n'y a pas Waze à l'époque, il me guide au téléphone durant tout le trajet. En plus de la coke, il me paie les frais d'essence avec un bonus supplémentaire pour le déplacement…

Avec Armando, les choses tournent bien aussi. Au début, pourtant, je n'ai pas fait trop le fier. Quand on a décidé de lancer notre association, je l'ai prévenu :

— Écoute, moi je suis d'accord, mais je ne suis même pas dedans encore. Je viens tout juste de sortir de prison, il faut que j'y aille mollo, que je me fasse un réseau d'abord.

— Je sais tout ça. Pas de problème, prends ton temps. On va y aller tranquilles au début et on va voir où ça nous mène et jusqu'où on peut aller.

Pour commencer, il m'envoie un kilo par semaine via des mules qui font le voyage depuis le Brésil jusqu'à Paris. Le fric rentre vite et il faut le planquer en lieu sûr. Le cash, quand il y en a beaucoup, ça prend une place folle. J'ai alors mis en place une méthode, simple mais efficace, qui consiste à ne pas tout garder avec moi, on ne sait jamais, les nouvelles vont vite dans le quartier et je n'ai pas envie de me faire voler. Ma stratégie : répartir l'argent entre quelques personnes de confiance.

Au bout de six mois environ, notre mécanique est bien rodée avec Armando, il m'arrange des tarifs ultra compétitifs. Notre accord tient la route : je garde une partie de ce que je réceptionne pour moi, je vends le reste et un de ses hommes de confiance, qui se fait appeler Da Silva, passe récupérer l'argent de manière régulière. Les quantités ne cessent d'augmenter. Deux kilos, trois kilos. Les mules ne peuvent plus suivre, trop dangereux, trop de risques de se faire prendre à l'aéroport, surtout à Roissy, où les douaniers et les flics surveillent particulièrement les vols en provenance de certains pays comme le Brésil et les gens qui voyagent seuls. C'est alors Da Silva, ou un autre de ses sbires, qui prend le relais et qui passe la coke dans des valises. J'en ai tellement, que je dois trouver des solutions alternatives pour la refourguer. Je me mets alors à cuisiner du crack pour mes potes de la Goutte d'Or. J'ai installé mon matériel chez une cliente, je ne peux décemment pas faire ça chez moi. Très vite, j'ai dû faire des choix. J'ai trop de marchandise et je ne peux plus me contenter de vendre au détail et de faire du crack. Il a fallu passer à la vitesse supérieure. Car sur un kilo de zipette pure, avec la coupe que je fais venir de Hollande, j'en tire trois cents grammes de plus sans altérer la qualité du produit. Je suis devenu fournisseur en semi-gros. Je n'arrive à « détailler » comme on dit que mes clients les plus réguliers et importants. Je cuisine avec l'aide de Ty et Brad, on écoute pas mal de rap en bossant, ça nous change les idées. Et on a l'impression que ces titres de musique urbaine parlent de nous, car contrairement à certains de ces artistes qui racontent la came et ce monde sans le connaître, nous, on baigne dedans. Rohff, dans *Génération sacrifiée*, résume bien ce qu'est notre vie à ce moment-là.

Et quand on marche en bande chacun a son
vécu, son attitude

Ses réactions, ses pulsions, ses ambitions, ses directions,
Le plus souvent dans l'banditisme, les transactions.

Moins d'un an après ma libération, je me suis bien refait. Plus que tout ce que j'aurais pu imaginer. Le moment est donc venu d'en profiter au maximum…

11

PLUS BELLE LA VIE

C'est drôle comment les choses peuvent évoluer vite. En 2008, je suis enfermé entre quatre murs dans l'une des pires prisons de France. En 2009, quand je quitte la Goutte d'Or, c'est pour me promener entre la place de la Concorde, la tour Eiffel, l'Arc de triomphe. Quand je ne suis pas à Barbès, c'est que je fais des affaires dans le fameux triangle d'or de Paris. Ma bonne réputation a vite grandi et fait le tour des clients. Pas ceux de la rue Myrha, non, ceux qui ont les moyens. À l'époque, le gramme de coke se vend cent euros. Le produit est réservé à une certaine élite, une certaine catégorie de personnes, la catégorie socioprofessionnelle la plus élevée, ceux que j'appelle les CSP+ de la cocaïne. Aujourd'hui, tout est bien différent et cette drogue s'est démocratisée. Il est très facile de s'en procurer et beaucoup de monde en prend. Les prix ont nettement baissé aussi, tout comme la qualité de ce qui se vend. Je ne suis pas certain qu'on peut trouver de nos jours une poudre aussi bonne que celle que je proposais par l'intermédiaire d'Armando. Je suis devenu plus qu'un simple petit dealer, un véritable homme d'affaires. Je parle de stocks, de prix de revient, de bénéfices, d'investissements. Ma discrétion joue pour moi, tout comme mon attitude. Je ne me comporte pas en caïd, je ne fais pas la racaille. Je n'aime pas trop m'habiller en jogging, je suis toujours bien sapé. Pas en costume non plus, mais avec toujours de la marque sur le dos. Je ne me comporte pas comme un dealer de série, je m'exprime correctement, calmement, je suis poli. Autant d'atouts qui servent quand on est dans le commerce, qu'il soit légal ou illégal.

Et tout ce fric amassé, il faut bien le dépenser. Ce n'est pas de l'argent facile, contrairement à ce qu'on peut entendre ou croire. On bosse dur pour le gagner, on prend des risques aussi, mais on en est conscients. On sait qu'à la moindre erreur, tout peut s'arrêter. Le milieu des stups est régi par ses propres lois, des règles différentes de celles de la vie « normale » et la concurrence est rude, parfois dangereuse. Même si, dans ces années 2008-2009, elle l'est moins qu'aujourd'hui, où le moindre souci se règle à coups de kalachnikov. Ce n'est pas encore le cas à cette époque-là. Par précaution, je me suis tout de même procuré un flingue, on dit un « tarper » dans notre jargon. Je ne peux pas raconter ici comment je l'ai acheté, mais quand on devient un peu « reconnu » dans le milieu, il est très facile de devenir le propriétaire d'une arme. Je ne compte pas m'en servir, bien sûr, et je ne me promène jamais avec (sauf quand on va s'entraîner à tirer avec les potes). Il reste bien planqué chez moi. Cela me rassure de savoir qu'il est là, à l'abri, dans ma chambre

La différence entre le monde du trafic de stups ou du crime organisé et une activité autorisée, c'est le temps. Cet argent, beaucoup d'argent, énormément d'argent, on le gagne très rapidement. On a besoin de décompresser aussi, en plus de l'envie d'en profiter au maximum. Avec mes potes, on sort alors beaucoup en boîte. Dans les meilleurs établissements de la capitale, les plus huppés. Ceux où il faut montrer patte blanche pour pouvoir y pénétrer. Le Club 79, les Planches, le Madam, et j'en passe. Trois fois par semaine au moins, on y est.

Et on y claque entre deux à trois mille euros par nuit. Autant dire qu'on est reçus comme des VIP. Comment un groupe de jeunes Blacks et rebeus peut-il passer les portes de ces endroits ? Simple. Basique. En fait, quand on a du fric, et qu'on le montre, tout devient plus facile.

Avant de sortir, on a un petit rituel. Dans la journée, on va sur les Champs ou aux Galeries Lafayette acheter des vêtements qu'on porte le soir même. Des fringues neuves à chaque fois, en mode beaux gosses. Que de la marque : Dolce & Gabbana, Christian Dior, Louis Vuitton, etc. On ne met jamais deux fois la même « pesa » (la sape) quand on part en virée. Et on arrive devant les portiers avec des grosses voitures (on les appelle des « gamos »), des coupés, des bagnoles de luxe qu'on est les premiers à avoir. On se fait remarquer, mais dans le bon sens du terme. On se fait voir en réalité, on se montre sans fanfaronner, sans en faire trop, comme si nous avions l'habitude de ces quartiers favorisés, loin, très loin du 18e arrondissement, du square Léon, de la Goutte d'Or. On attire les regards, notamment ceux des filles, les meufs, les « raclis », on dit dans notre jargon. Et on en profite. On rentre à chaque fois avec une nana différente. Le plus dragueur de la bande, c'est Brad. Tous, on est aussi devenus des habitués des hôtels de luxe de la capitale, dans lesquels on les emmène pour finir la nuit. On s'amuse bien, on a même surnommé Brad « le revolver », parce qu'un revolver tire six coups…

En parallèle de mes activités dans la coke, j'ai monté une société de voitures de luxe avec un copain, Iamini, que j'ai rencontré porte de Saint-Ouen. Il habite dans le coin et on s'est vite bien entendus. Il n'arrête pas de me parler de son projet de créer sa boîte autour des bagnoles. Il a cinquante mille euros d'apport, il lui en manque tout autant. Un jour, je lui demande de me parler plus en détail de son idée. Il me convaint rapidement. Je lui dis : « OK, je mets les cinquante K qui manquent et on s'associe. » On appelle la boîte, en toute modestie, Majestic Cars. Une manière de placer une partie des bénéfices de la drogue dans une activité légale. Bien m'en a pris. Très vite, on arrive à faire un chiffre d'affaires de cinquante mille euros… par semaine. Autant dire que l'investissement est plus que rentable. On possède un parc d'au moins trente véhicules, mais la majorité n'est pas vraiment à nous, on les sous-loue en Allemagne. En réalité, j'en possède peut-être cinq, que j'ai payées en cash, les vendeurs n'étant pas trop regardants sur la provenance des fonds et plutôt ravis d'empocher une vente en liquide. De grosses voitures de sport à plus de cent cinquante mille euros. On en profite nous aussi. Tous les jours, on est en Ferrari ou en Lamborghini. On a même parié Iamini et moi sur celui qui tiendrait le plus longtemps à rouler dans ces voitures. Le moteur est à l'arrière et il est très puissant. À force d'appuyer sur les pédales, le boucan peut rendre sourd. J'avoue, j'ai tenu six mois… mais j'ai perdu.

À vingt-trois ans à peine, je me retrouve à la tête d'une entreprise qui fonctionne très bien, dans l'économie réelle comme dans la souterraine. J'ai changé de statut. Il est loin le petit dealer de la rue Myrha. J'ai franchi un cap, passé un autre stade. Je suis devenu trafiquant de drogue. Un narco qui commence à avoir une bonne réputation et à monter dans le milieu des stups.

Je me pose aussi beaucoup moins de questions sur moi, sur mon avenir, sur ma manière d'être et de vivre. Je profite de l'instant présent. *Carpe diem.* Comment faire autrement ? J'ai plein de fric, je suis jeune, j'ai la vie devant moi, j'en ai bavé pour en arriver là. On entre où on veut, dans les meilleures soirées de Paris, on prend des bouteilles sans regarder les prix (même si je continue à ne pas boire d'alcool, ni à fumer), on fréquente tout le gratin de la nuit, on traîne avec les femmes de footballeurs, avec les starlettes de la télé-réalité. La belle vie, quoi.

À force de sortir, j'ai remarqué que certains mecs se font refouler devant les boîtes. Je ne comprends pas pourquoi. Ils sont, certes, moins présentables que nous, mais ils pèsent beaucoup (mais beaucoup) plus lourd, ils ont beaucoup (mais beaucoup) plus de fric que moi et comme ils voient que nous, on entre facilement, ils ont fini par venir me demander de les faire rentrer. Mais moi je n'ai pas ce pouvoir, je ne connais pas encore assez bien les videurs et les responsables de ces lieux. Je me dis tout de même : mais ils sont bêtes les patrons de ces établissements. Pourquoi ils ne les laissent pas entrer ? Ils peuvent dépenser plus que moi et ils n'en profitent pas…

C'est à partir de ce moment-là que je commence à réfléchir à l'opportunité d'organiser des soirées. Ces gars ont un paquet de thune à claquer et on les empêche de le faire. Eh ben, ce fric, nous, on va leur prendre. Comment ? Tout simplement : on va monter des soirées spécialement pour eux. Je commence à faire le tour des lieux qui pourraient nous accueillir. Nous sommes en 2009, je tourne dans le centre de Paris et je me décide sur un endroit connu des noctambules, une boîte de nuit branchée, située dans le quartier de la Bourse : le Bizen. C'est là que je fais la première. Une sorte de test grandeur nature pour voir si l'idée est viable. Et c'est un succès, bien plus important que ce que j'ai pu imaginer. Salle pleine, ambiance excellente, les gens consomment beaucoup, on s'arrache les bouteilles et on fait un joli chiffre d'affaires, doublé d'un beau bénéfice. Le tout sans fourguer un seul gramme de coke. Règle de base de la loi de la rue : on ne mélange pas les produits ni les business. On ne met pas de l'illégal dans un truc légal. Cela ne sert à rien de blanchir de l'argent si tu en salis en même temps. Et puis, il ne faut pas placer tous les œufs dans le même panier, c'est du bon sens, tout simplement.

Projet validé. En plus de la drogue et des voitures de luxe, me voilà tout d'un coup transformé en organisateur de soirées. Mais j'ai un problème. Un problème de riche, on va dire.

L'endroit est trop petit, on a refusé pas mal de monde lors de la première, il faut en trouver un plus grand, qui peut accueillir encore plus de gens si je veux pérenniser ce type d'événements et, par la même occasion, engranger plus d'argent. Je me remets à la tâche, je regarde les lieux potentiels susceptibles de recevoir plus de personnes qu'à Bourse, je me renseigne aussi sur les soirées similaires dans Paris, pour voir où elles se font, comment, avec qui. Rapidement, je me rends compte qu'il faut sortir de l'ultra-centre de la capitale. Alors, je cherche où les meilleures fêtes se déroulent, tout en poursuivant mon trafic.

Faire de l'événementiel, c'est bien, mais la plus grosse partie de mon emploi du temps est consacrée à mon activité principale, la coke. Je continue de cuisiner pour mes potes et à fournir mes principaux clients. Je continue aussi de voir réguliérement Mathieu, le trader. On s'entend bien. Parfois, je reste un peu au début de ses soirées. Je finis par connaître pas mal de participants, qui sont devenus des acheteurs réguliers. Tout le monde est en confiance, il y a beaucoup de femmes, riches, bourgeoises. Mathieu aime bien me charrier devant elles.

— Tu bois pas, tu fumes pas… T'es un ange, toi !

— Ben non, pas vraiment. C'est pas parce que je bois pas et que je fume pas que je suis un ange…

Certaines invitées tentent à chaque fois de se rapprocher de moi, elles essaient de me mettre dans leur lit, de me « pécho », comme on dit. J'ai appris plus tard qu'elles avaient lancé un pari : qui sera la première à se taper Tess ? Je dois représenter l'exotisme aux yeux de ces femmes blanches, qui vivent, elles aussi, dans leur monde. Un jeune mec noir, qui parle bien, qui est un peu cultivé. Je suis devenu leur cible. Un soir comme un autre de livraison pour Mathieu, je me retrouve avec lui et cinq nanas. C'est étrange. Généralement, il y a toujours quelques mecs, mais je ne me pose pas plus de questions que cela. Je bois un verre de Coca et je commence à me sentir bizarre. Et puis c'est le trou noir. Je me réveille bien plus tard, dans un état un peu comateux, sans me souvenir de rien. Je vois seulement Mathieu et ses copines morts de rire devant moi. J'appelle alors Ty pour qu'il vienne me chercher, je suis incapable de conduire.

— J'ai la tête qui tourne, j'ai l'impression qu'on m'a empoisonné. Il faut qu'on aille à l'hôpital.

Il est en panique et démarre en trombe. Sur la route, il me demande pourquoi je dis que j'ai été drogué.

— C'est chelou, je ne me souviens de rien. Ty, je crois bien qu'on m'a violé…

— Quoi ? Comment ça, violé ? Ils t'ont cassé le cul ?

— Non, c'était des femmes !

Il ouvre de grands yeux, n'en croit pas ses oreilles.

— C'est ça, tu te fous de ma gueule ou quoi ? Depuis quand des meufs peuvent te violer ? Tu t'es fait chevaucher et tu te plains ! Vas-y…

Il fait demi-tour brusquement, la voiture part en tête-à-queue mais il conduit bien et récupère le contrôle. Sauf qu'il y a des flics pas loin. Évidemment… Gyrophare. Contrôle en vue.

— Putain, j'ai des trucs sur moi…

Les policiers nous demandent de nous arrêter. Ils s'approchent.

— C'est dangereux ce que vous venez de faire, là. Vous auriez pu causer un accident. Qu'est-ce qu'il se passe ? dit celui qui s'approche de nous tandis que son collègue reste dans son véhicule.

— Désolé, mais vous tombez bien. Mon pote là veut déposer plainte pour viol.

Le flic baisse la tête et me regarde un moment en plissant les yeux et en braquant sa lampe torche sur moi.

— Aïe… Vous allez bien ? Vous pouvez marcher ?

— C'était des meufs…

Le policier se tourne alors vers Ty et tous les deux se mettent à se marrer. Puis il lui rend ses papiers sans fouiller la voiture. Et il repart en continuant à rigoler.

— Elle est pas mal, celle-là. En vingt ans de carrière, je l'avais jamais entendue !

Je ne sais pas ce qu'il s'est réellement passé, ni combien de temps cela a duré. Je sais juste que j'ai subi un viol de la part d'une de ces clientes après avoir ingurgité du GHB… Mathieu et ses copines ont bien préparé leur coup. Personne n'a jamais voulu me le dire franchement, mais les apparences ne sont pas toujours trompeuses. L'une d'entre elles a sans doute gagné son pari, même si elle y est parvenue d'une manière pas très réglo. Il n'était pas écrit que je devais être consentant après tout…

Cette histoire ne m'a pas empêché de continuer mes affaires avec Mathieu et tous les autres. *Business is business.*

En parallèle, je continue à chercher un lieu pour une prochaine soirée, car la demande est forte. Je finis enfin par trouver : c'est dans le 11e arrondissement qu'une salle de concert bien connue des amateurs de musique accepte de m'ouvrir ses portes, le Gibus. Après le monde de la drogue, je vais tenter de gagner ma place dans celui de la nuit parisienne.

12

LA NUIT, TOUS LES CHATS SONT GRIS

Il est minuit, pas l'heure du crime, plutôt le moment où la soirée va vraiment démarrer. Une longue file d'attente dehors, tandis qu'à l'intérieur du Gibus, qui peut accueillir près de neuf cents ou mille personnes, c'est déjà bientôt complet. Il fait chaud, la musique est à fond, le bar n'arrête pas de tourner, les bouteilles passent de main en main. Je regarde la scène avec un grand sourire. *We Fly High*, de Jim Jones, enflamme les enceintes.

> Ya boy gettin paper (money), I buy big cars (foreign)
> Eight fly rides to drive in my garage [...]
> We fly high, no lie, you know this (ballin!)
> Foreign rides, outside, it's like showbiz

Un DJ est derrière les platines. Il est chargé de mettre tout le monde dans l'ambiance avant la prestation d'un autre artiste, une vedette de la musique hip-hop du moment, raison pour laquelle on va devoir refuser du monde, une fois de plus.

Les soirées « Playboy Game ! Show » qu'on organise depuis quelques semaines sont vite devenues incontournables sur Paris. Tout le monde veut en être. On a même réussi à filmer une petite vidéo avec Franck Dubosc, Antoine Duléry et Fabien Ontoniente qui en font la promotion devant l'entrée et qu'on a diffusée sur Facebook.

Le public est varié, c'est ce que j'aime le plus. Il y a des Noirs, des Blancs, des Beurs, toutes les classes sociales sont mélangées. Les mecs qui ne pouvaient pas rentrer dans les boîtes huppées de Paris sont aux anges. Ici, pas de discrimination à l'entrée, tout le monde a sa place. Les autres sont excités à l'idée de côtoyer des gens limites, des voyous, des hors-la-loi. Il y a des actrices, des comédiens, des sportifs, des producteurs, des gens de la télé, des mannequins, des footballeurs. Et moi, j'en profite pour continuer à me faire des contacts pour mon autre business, moins légal. C'est du win-win, du gagnant-gagnant. Tout le monde est content. Ceux qui viennent s'amuser dépensent sans compter, ceux qui organisent encaissent leur fric, ceux qui sniffent savent qu'ici ils pourront prendre des rendez-vous pour plus tard et recevoir le meilleur produit de la capitale.

Je me suis associé à mon pote Bram's pour organiser ces soirées. On s'est connus à Fleury-Mérogis par l'intermédiaire de mon autre copain, la Pioche, et on s'est très vite bien entendus. On a promis de continuer à se voir une fois dehors, c'est ce qu'on a fait. Pendant que je mets en place mon business, de son côté, il monte une épicerie tout ce qu'il y a de plus classique au cœur de Paris. Le roi du commerce et de la négociation. Il est fait pour ça. Et c'est par son intermédiaire qu'on passe les commandes nécessaires pour nos soirées, notamment les boissons. Cela a l'avantage d'éviter d'acheter via le canal classique du grossiste habituel pour ce genre d'événements, on s'arrange entre nous, aucune personne hors de notre cercle ne met le nez dans nos affaires.

Très vite, nos soirées sont devenues « the place to be ». On imprime des flyers qu'on distribue un peu partout, mais c'est surtout le bouche-à-oreille qui fait le reste. J'ai pris la décision de n'en faire qu'une ou deux par mois. Car c'est quasiment un boulot à temps plein que de monter ces fiestas et je dois gérer tout le reste. Et puis, il faut savoir se faire rare, créer un peu le manque, l'attente, pour que chacune d'entre elles soit un véritable événement, que les gens n'en puissent plus de patienter et se plient en quatre pour venir.

« Tess et Bram's présentent. » C'est ce qu'on écrit sur nos flyers. On est devenus une sorte de duo incontournable de la nuit. Chaque soirée organisée nous rapporte au minimum entre quinze et vingt mille euros. Le cash coule à flots, il faut dire que beaucoup de nos clients n'utilisent pas vraiment la carte bleue… On gagne tellement d'argent, parfois, qu'on est obligés de sortir le fric dans des sacs-poubelles. Pour plus de discrétion, on le fait transiter comme ça pour ne pas attirer l'attention avant de le dispatcher entre nous pour le garder en lieu sûr. La concurrence est rude dans ce milieu et les jaloux ou les ennemis ne sont pas rares. Et parfois, ils arrivent d'où on ne les attend pas. En l'occurrence, de mon quartier. C'est là qu'un imprévu est survenu, qui a remis pas mal de choses en cause.

J'ai fait le choix de rester à la Goutte d'Or. À ma sortie de prison, plus d'un an en arrière, cette décision relève du bon sens. Je n'ai rien, je retourne chez mes parents, au moins j'ai un toit, une adresse, je suis logé, nourri et je peux satisfaire à mon contrôle judiciaire sans trop de contraintes. Et puis, la famille, c'est important pour moi, je suis content de retrouver les miens. Notre duplex est suffisamment grand pour qu'on ne se marche pas dessus, j'ai ma chambre à l'étage, je peux aller et venir comme bon me semble, je suis à Barbès, en terrain connu. Malgré mon succès dans les affaires, peut-être par facilité ou par flemme, je suis resté rue de la Goutte d'Or, alors que j'ai largement les moyens de prendre un appartement ailleurs. Mais cela aurait attiré les soupçons et je ne veux pas que ma mère me pose trop de questions sur mes activités en dehors de la maison. Je suis donc resté, je joue au fils sage et sans histoire devant elle et le reste de mes proches, alors que je prends de plus en plus d'envergure dans le trafic de stupéfiants. Sans m'en rendre compte, je vis comme un schizophrène. Comme les affaires marchent bien, je ne m'en préoccupe pas plus que cela.

J'aurais dû me méfier. D'autant que j'ai eu quelques signaux annonciateurs d'un problème qui pourrait survenir un jour ou l'autre. Alors que je commence à vendre la coke d'Armando, six mois après ma sortie de Fleury la deuxième fois, je croise le Shérif dans la rue, le flic à la réputation douteuse qui nous a fait la misère avec la Pioche. Je suis, évidemment, sur la défensive. Tout le monde sait que c'est un ripou, qu'il fait payer une sorte de « taxe », une assurance ou une protection aux dealers pour les laisser vendre leur crack ou leur shit tranquillement. Il s'approche de moi et me fait signe qu'il veut me parler discrètement.

— Si t'avais payé la dernière fois avec ton pote, on ne vous aurait pas chopés. Ça t'aurait évité un séjour en prison. Donc, maintenant que tu sais ce que c'est, il faut que tu raques pour éviter d'y retourner.

— Mais je ne vends pas, moi, qu'est-ce que tu me racontes ?

— Je sais que tu ne vends plus dans le quartier, tu es passé à autre chose. Tu fais dans la coke maintenant, un peu plus loin d'ici. Mais tu restes quand même un dealer de la Goutte d'Or. La preuve, tu es toujours là. Alors, si tu veux continuer ton petit business, tu paies. Sinon…

Je nie et refuse tout net de lui laisser le moindre centime. Bizarrement, il n'insiste pas, sourit et repart d'un pas nonchalant vers le commissariat du 18e arrondissement.

— Comme tu voudras…

Je le regarde partir et j'oublie cet épisode. Je me sens bien plus fort que lui à ce moment-là. Je viens de mettre un pied dans la cour des grands, dans la coke, je côtoie du beau monde, je rentre plus d'argent qu'il n'en aura durant toute sa vie. Je me sens invincible. Je le suis. Ou presque.

Quelques mois plus tard, alors que mes affaires sont au beau fixe, on sonne à la porte de chez nous. Cela devait être un week-end car toute la famille est là, au complet. Ma mère ouvre et se retrouve face au Shérif et un gamin à côté de lui qu'il vient d'arrêter dans la rue.

— Bonjour, madame. C'est votre fils ?

— Non, pas du tout, ce n'est pas mon fils.

— Vous voyez, je vous ai dit que j'habite pas là !

Le flic demande au môme de la fermer, force un peu le passage et rentre dans le salon avec lui.

— Asseyez-vous. Vos enfants sont là ?

— Oui, ils sont là-haut.

— Faites-les descendre. Tous, sauf Tess.

Une fois que tout le monde est en bas, il les regarde, ne dit rien, jette un œil à l'escalier. Il monte et vient me voir dans ma chambre.

— Tu as vu ? Je peux venir chez toi quand je veux. Et je suis sûr que si je commence à fouiller ici, je vais trouver quelque chose. Tu as intérêt à payer maintenant. Sinon, la prochaine fois que je viens, je fouille tout et je t'embarque.

Il redescend et il repart aussitôt avec le gamin en bafouillant une excuse bidon. Scène surréaliste. Un silence pesant s'est abattu dans le salon familial. Tout le monde me regarde, attend une explication que je ne peux évidemment pas fournir. J'essaie de donner le change et je me contente de lâcher que ce flic est un ripou, qu'il est complètement taré, qu'il a une dent contre moi depuis l'affaire avec la Pioche. Je ne sais pas si mes frères et sœurs y croient, en tout cas, ils ne me disent rien.

Ma mère, elle, c'est une autre histoire.

— C'est bizarre, ce policier qui débarque comme ça à l'improviste. Et qui rentre quand même, sans raison, alors que je viens de lui dire que l'enfant qui est avec lui n'est pas le mien. Tu ne trouves pas, Tess ?

Elle n'est pas plus étonnée que cela et elle me fait surtout part de ses doutes sur moi. Depuis l'épisode du marché, quand on a croisé les crackeux des mois en arrière, elle me fait moyennement confiance. Là, je sens que ça devient de plus en plus difficile pour elle de me croire. Je ne dis rien et je trouve une excuse bidon pour sortir. Pour m'échapper, surtout. Puis tout s'accélère. Moins d'une heure après mon départ, mon frère Kara m'appelle. Ton grave qui ne me laisse aucune alternative.

— C'est chaud, là. Tu ne rentres pas à la maison ce soir. La daronne a fouillé ta chambre et elle a trouvé un flingue et un sachet de coke qu'elle a jeté dans les toilettes. Putain, Tess. Qu'est-ce que tu fous avec une arme de poing dans ta piaule ? Chargée en plus ! Elle a appuyé sur la détente et le coup est parti. Heureusement, elle n'a blessé personne…

Je dois faire quelque chose, et vite. Il faut que je m'éloigne d'ici, de Barbès, du 18e, de la Goutte d'Or. J'appelle mon cousin Akira et je lui demande si je peux venir squatter chez lui quelques jours, le temps que tout se calme et que je trouve une solution. Il m'accueille, évidemment, sans trop poser de questions, même si je me doute bien que mon oncle a parlé à ma mère. Mais il ne peut rien refuser à Akira. D'autant qu'un jour, alors qu'il était en pleine crise, j'étais là et j'ai réussi à appeler les secours tout en lui pratiquant un massage cardiaque le temps qu'ils arrivent. Bref, je l'ai sauvé, alors la famille m'accueille à bras ouverts. Un de plus ou un de moins, quand on est dix-sept, ça ne change pas grand-chose. Je raconte tout à mon cousin, l'épisode avec le Shérif, ce qu'a trouvé ma mère dans ma chambre. Il n'est pas plus étonné que cela. J'ai été obligé de prendre un flingue pour me protéger, il y a beaucoup d'argent en jeu et j'ai un pote qui a été blessé à l'arme blanche. J'ai acheté un 9 mm avec Ty et on va parfois s'entraîner à tirer sur des poubelles dans le 93, au Blanc-Mesnil. Sans même m'en rendre compte, j'ai passé un palier en matière de violence. J'ai malgré moi attiré Akira dans cette spirale. Il a eu un problème dans sa cité et je lui ai passé le flingue un jour. Non pas pour qu'il tire, mais pour qu'il s'en serve comme une menace. Il n'a plus été emmerdé par la suite.

Après cet épisode, je décide de déménager. Ma manière à moi de protéger ma famille, je n'ai pas envie qu'elle ait d'ennuis avec la police, encore moins avec ce Shérif ou son équipe. Et puis, à vrai dire, je n'ai plus grand-chose à y faire, dans le quartier. Je laisse passer un moment avant d'annoncer à ma mère que je quitte le cocon familial. Elle est sceptique.

— Et tu vas aller où ?

Quand je lui dis que je vais prendre un appartement dans le 17e arrondissement, tout bascule.

— Comment c'est possible, à ton âge, de louer un truc comme ça ? Tu sais, ça parle dans le quartier. J'entends des choses, comme quoi tu es tout le temps dans des belles voitures, etc. Je savais bien que tu continuais à vendre, alors que tu m'avais promis d'arrêter !

— Maman…

— Tais-toi ! Je ne vais pas te laisser pourrir le reste de la famille. Tu ne vas pas gâcher la vie de tes frères et sœurs. OK, tu pars, d'accord. Mais tu te tiens éloigné de nous. Tu pourras revenir seulement quand tu auras réellement arrêté tes conneries.

— Mais…

— Écoute-moi bien. C'est dur de te dire ça, crois-moi. Une mère ne devrait pas avoir à parler comme ça à son fils. Mais je ne veux plus te voir tant que tu continueras comme ça. Quand tu seras de nouveau une personne respectable, une personne digne de confiance, alors, tu reviendras. En attendant…

En un rien de temps et par ma faute, j'ai perdu le contact avec mes proches. J'ai du fric, beaucoup de fric, un bel appartement, toutes les filles que je veux, des belles bagnoles. Mais, au final, je me retrouve tout seul. Je ne me rends pas encore vraiment compte sur le moment que cette solitude me pèse. Jusqu'à ce qu'un autre événement vienne tout bouleverser.

13

LE BURN-OUT DU DEALER

Voilà dix-huit mois que j'ai emménagé loin de la Goutte d'Or. Je mène grand train, une vie de rêve, je ne manque de rien. Enfin, c'est ce que je crois. L'argent ne fait pas le bonheur, mais il y contribue grandement, dit-on. C'est vrai, jusqu'à un certain point. J'en fais l'amère expérience, ou peut-être que j'en prends conscience à ce moment-là. Si, sur le plan matériel, j'ai tout ce que je veux, il y a une chose qui ne s'achète pas, que je ne pourrai pas me procurer même en y laissant tout mon fric : ma famille. Je n'ai pas vu ma mère depuis que j'ai quitté le quartier. Elle refuse de me voir tant que je suis dans le trafic de stups. Je la comprends et je le regrette en même temps. Je ne peux m'en prendre qu'à moi-même pourtant. C'est de ma faute, je suis l'unique responsable de cette situation, je m'y suis mis tout seul, j'assume, mais c'est de plus en plus dur. Une autre chose qui me fait mal : ne pas voir mes petits frères et sœurs. Le seul que je vois régulièrement, c'est Kara. Il n'approuve pas ce que je fais, mais il est toujours là. C'est un peu mon espion à la maison, mes yeux. C'est par lui que je prends des nouvelles et que je sais si tout va bien à la Goutte d'Or.

Cette situation est bien plus difficile à gérer qu'on ne l'imagine. Tout roule au niveau des affaires. Pourtant, quand je rentre chez moi, c'est le vide absolu. C'est bien beau d'avoir le grand écran plat qui vient à peine d'arriver sur le marché, le dernier téléphone à la mode, la plus grosse ou la plus puissante bagnole, toutes les fringues que je veux, de rentrer dans les endroits les plus sélects de Paris, de côtoyer une telle ou un tel, de faire la fête avec des gens connus. Tout cela reste très superficiel et, au bout du compte, on atteint le niveau zéro des relations humaines. Je n'ai, au final, personne avec qui partager réellement tout cela, ni à qui me confier sur mes doutes, sur ma réussite. Être seul, quand on ne l'a pas choisi, est une épreuve.

J'ai vingt-quatre ans, je suis devenu quelqu'un dans le monde du crime organisé, quelqu'un qui compte dans le trafic de drogue international, mais aussi, et surtout, quelqu'un d'autre. Le Tess qui va bientôt fêter son quart de siècle, qui lisait des mangas, qui passait des heures à la bibliothèque et qui téléchargeait illégalement des jeux vidéo sur son PC dans sa chambre près de Barbès n'existe plus. Au fond de moi, je sens que quelque chose ne va pas, qu'un truc cloche, sans que j'arrive à mettre le doigt dessus. Avec le recul, je crois que je suis à deux doigts de la dépression...

Nous sommes en mai 2010. Il s'en est passé des choses depuis ma première arrestation, en septembre 2006. Quatre années au cours desquelles j'ai eu l'impression de vivre plusieurs vies, de foncer à cent à l'heure sans jamais freiner, pied au plancher, tout le temps. J'ai été au fond du trou, j'ai serré les dents, j'ai galéré, j'ai remonté la pente et je me suis retrouvé au sommet. J'y suis encore quand un coup de fil va avoir l'effet d'une bombe. Ou plutôt d'un coup de massue derrière la tête.

La nouvelle m'a scié, littéralement séché sur place. Je ne sais plus si j'ai pleuré ou si la stupéfaction a empêché mes larmes de couler. Je revis cet instant comme dans un épais brouillard, un mauvais rêve, sauf que c'est la réalité. Ce jour-là, quand j'apprends le décès de mon grand frère Le Rouns, je n'arrive pas à y croire. On n'a jamais vraiment su de quoi il était mort, la seule chose dont on est sûrs, c'est que c'était durant son sommeil et qu'il n'a pas souffert. Je suis sous le choc. Encore plus quand je me rends à l'enterrement et que je revois toute ma famille. Ma mère me serre dans ses bras et ça me fait un bien fou. On a beau jouer au mec fort, une maman reste une maman et on redevient un petit enfant devant elle. Surtout dans un moment pareil. Je me dis, surtout, que je n'ai pas vu mon frère depuis longtemps, que je n'ai pas pu profiter de lui avant qu'il nous quitte, qu'il est parti sans qu'on ait eu une véritable explication tous les deux. C'était le seul à m'en vouloir de m'être engagé sur ce chemin tortueux, je l'ai beaucoup déçu. Maintenant, il n'est plus là et il s'en est allé avec cette mauvaise image de moi, ce qui me met en colère. Je repense à cette chanson de Lady Laistee, *Et si… ?*

> Et si j't'avais dis combien j't'aimais mon frère
> Et si on t'avait dit baisse pas les bras sur cette Terre
> Mon récit si t'as perdu un être cher
> Et si… tout simplement si…

Nous sommes tous réunis chez mes parents après les obsèques. Le silence règne dans le salon, on se regarde, personne n'ose rompre cet instant solennel, comme suspendu. Plusieurs sentiments s'entremêlent en moi, la tristesse bien sûr, la déception aussi, l'énervement, le regret. C'est là que je me dis qu'il faut peut-être que j'arrête tout. J'ai de l'oseille à ne plus savoir qu'en faire, une boîte légale de location de voitures, l'organisation des soirées à gérer. Le moment est sans doute venu.

Je crois que je suis victime du burn-out du dealer depuis un moment. Et le décès de mon frère n'a fait que l'accentuer et a été l'élément déclencheur de ma prise de conscience. Quand on vend de la drogue, c'est sept jours sur sept, vingt-quatre heures sur vingt-quatre. Pendant plus d'un an et demi, je n'ai pas arrêté. C'était tout le temps. Alors oui, il y avait les sorties en boîtes et les soirées qu'on organisait, mais tout est lié au trafic. Tout le temps. Un an et demi non-stop, sans prendre une seule journée de repos, je ne parle même pas de partir en vacances… Bref, j'en ai plus qu'assez.

Je rentre chez moi en me posant la question du pourquoi. À quoi ça rime, tout ça ? Et je ne réfléchis pas trop longtemps avant de trouver la réponse et de prendre ma décision. Pour la deuxième fois de ma vie, je dis stop aux stups. Après le crack, fini la coke. Reste à l'annoncer à Armando…

— Mon ami, je vais bientôt arrêter. J'ai quelques problèmes familiaux, je pense que c'est mieux comme ça.

Je suis jeune et encore naïf malgré les apparences. Je suis devenu incontournable sur le marché de la poudre blanche à Paris, mais en réalité, je reste un novice dans le milieu criminel. Le Brésilien ne va pas laisser filer sa vache à lait sans rien dire.

— Mon petit, ce n'est pas comme ça que ça se passe. On ne peut pas mettre un terme à une telle collaboration de cette manière. Mais bon, OK, tu as eu le décès de ton frère, je peux comprendre, il n'y a pas de souci. Prends soin de toi.

Je pense m'en être tiré à bon compte. Je suis presque surpris par la facilité avec laquelle je l'ai convaincu. Mais une dizaine de jours plus tard, Armando m'appelle.

— Écoute, mon homme de main n'est pas à Paris en ce moment. Il faut que tu me rendes un service et que tu récupères un sac pour moi. Dedans, il y a cinq kilos et cinq cent mille euros.

Tu me le gardes jusqu'au retour de Da Silva, dans une semaine environ. Je te rappelle quand il est là et tu le lui remets.

Pas le choix. Je me dis que c'est sans doute une des dernières fois qu'on fait du business tous les deux. Après tout, ce qu'il me demande n'est pas si compliqué et c'est de bonne guerre, je peux bien faire ça pour lui. Une manière de mettre un terme en douceur à notre association. Je cache le sac dans un box d'apparence anodine que je loue discrètement, dans lequel je stocke une partie de mes produits, et j'attends son coup de fil. Il arrive dix jours plus tard.

— C'est bon, il est arrivé. Tu vas pouvoir lui remettre le matos. Je te rappelle pour caler le rendez-vous.

— OK, pas de souci.

Quand je retourne au box, il y a un léger problème. Ou plutôt, un gros, un très gros problème même : ma planque a été forcée et le sac n'y est plus. Panique à bord. Ma première réaction est de me dire qu'Armando va m'accuser de le lui avoir volé. J'aurais fait pareil. Il va penser que j'ai voulu l'escroquer, que je veux me faire la belle avec sa came et son fric après lui avoir annoncé que j'arrêtais tout. Là, je me dis que je suis dans une sacrée merde. Et je repense à l'épisode du garage, au rat et au chalumeau… Je n'ai pas envie de finir comme ce pauvre gars dont je n'ai jamais su s'il était encore en vie. Armando me rappelle. Je ne décroche pas. Il insiste. Je fais le mort. Son homme de main tente de me joindre à son tour. Je ne réponds toujours pas. Je ne sais pas ce que je vais faire, ni ce que je vais bien pouvoir leur dire. Au bout de deux ou trois jours d'appels incessants sans réponse de ma part, Da Silva finit par venir me chercher. Il m'attend en bas de chez moi.

— Oh, Tess, ça va ? On commençait à s'inquiéter, tu ne donnes plus de nouvelles…

— J'ai eu un souci.

Il appelle Armando et me le passe.

— Ça fait plusieurs jours qu'on t'appelle et tu ne réponds jamais. Qu'est-ce qu'il y a ?

Je n'ai pas le choix. Je décide de lui dire la vérité. Plus de sac. Plus de came. Plus de fric. Je m'attends au pire. Sa réaction me surprend. Au point que je me demande, avec le recul, si ce n'est pas lui qui a monté ce coup pour me piéger.

— Bon, ça, c'est un vrai problème… Mais on va trouver une solution, ne t'en fais pas.

Je te rappelle demain, en attendant, tu ne bouges pas.

Je n'en mène pas large. Le lendemain, il me contacte comme prévu. Il me propose de le rembourser, mais en quarante-huit heures. Trop court, je n'ai évidemment pas le temps de réunir une telle somme en si peu de temps, on parle quand même d'un demi-million d'euros. J'aurais pu vendre quelques voitures vite fait, mais là, c'est compliqué… Il me propose alors autre chose.

— Tu vas venir me voir au Brésil. Mais tu ne viens pas seul, tu prends deux personnes de confiance avec toi, deux mules pour faire un transport, on va trouver un arrangement.

— Quoi ? Qu'est-ce que tu veux exactement ?

— Voilà ce que tu vas faire : tu trouves deux gars et d'ici deux semaines, vous débarquez à São Paulo. Je t'expliquerai en détail une fois sur place.

Là, on ne joue plus du tout. Je l'avoue, j'ai peur. Je me dis que c'est le début de la fin, que je vais me faire découper en plusieurs morceaux et que je ne rentrerai pas vivant du Brésil…

14

VOYAGE, VOYAGE

Je tourne en rond chez moi, je ne fais pas le fier. J'en ai connu des emmerdes, mais là, je crois que ça dépasse tout ce que j'ai pu subir depuis que je me suis lancé dans le trafic de drogue. Je ne dors presque plus, je cherche une solution tout en sachant que je n'ai pas le choix, je vais devoir aller au Brésil. Plus la date du départ approche, plus je suis en stress. Il faut régler le problème des deux futures mules qui vont devoir m'accompagner. Hors de question de mêler mes potes à cette histoire. D'autant que je n'ai qu'une confiance modérée envers Armando. Je ne sais pas dans quel état d'esprit il est réellement. Même s'il n'a pas l'air de m'en vouloir, qu'il est toujours sympathique et courtois au téléphone, je me méfie. Dans les affaires, il n'y a pas d'amis. Et là, il a perdu gros à cause de moi. Très gros. Entre le fric et la drogue évaporés, il y en a au bas mot pour environ huit cent mille euros. Il a de bonnes raisons de vouloir me faire la peau.

Je m'apprête à me rendre dans un pays que je ne connais pas pour me retrouver à la merci d'un narcotrafiquant international. Autant dire que je n'en mène pas large et que j'estime mes chances de survie à rien du tout. Mais j'ai toujours assumé mes actes et leurs conséquences. Reste à trouver deux accompagnateurs pour ce voyage que j'espère avec retour. Difficile. Il me faut deux gars en qui je peux avoir un minimum confiance, mais ils ne se bousculent pas au portillon. Je finis par convaincre un type que je connais un peu en lui en disant le moins possible. Surtout pas que je suis dans l'obligation de suivre les directives du Brésilien car j'ai un problème avec lui. Théo n'a pas l'air très emballé, mais l'appât du gain est plus fort que tout et il accepte ma proposition, d'autant qu'il doit beaucoup de fric à son dealer. Pour la deuxième personne, les choses se font différemment. C'est un de mes amis qui me le présente. Isaac a une dette envers lui suite à un accident de voiture. Pour la régler, il n'a pas d'autre choix que de venir avec moi. Ce ne sont pas les meilleurs équipiers possible pour ce genre de boulot, mais je n'ai pas d'autres solutions.

La veille du départ, je sens bien que ce ne sont pas les gars les plus sûrs du marché, mais je n'ai pas vraiment le choix. Deux types contraints et forcés, qui ont des dettes à rembourser, qui n'ont jamais fait ce genre de voyage... Plus le temps de trouver des remplaçants. Nous voilà donc dans l'avion. Vol direct pour São Paulo. Avant de partir, je préviens mon frère Kara et mon cousin Akira.

— Écoutez, je dois partir au Brésil, j'ai un truc à régler là-bas.

— Mais non, n'y va pas, Tess. Tu es complètement fou ! Reste ici, tu n'as rien à y faire et ça peut être dangereux.

— Je n'ai pas le choix...

— Fais bien attention à toi. Tu nous tiens au courant surtout.

Après douze heures d'un trajet qui m'a paru interminable, nous arrivons enfin. Armando en personne vient nous récupérer à l'aéroport en compagnie de plusieurs de ses hommes de main. Il est surpris de me voir débarquer avec ces deux gus qu'il semble trouver un peu « légers » pour ce genre de voyage. Mais il n'en prend pas ombrage et me dit qu'on en parlera plus tard. Nous prenons la route dans sa grosse berline pour nous rendre dans sa villa. Je suis très tendu.

— Tranquille, détends-toi, il ne va rien se passer. Tu es mon invité.

Au fil des jours, je parviens progressivement à me déstresser. Il faut dire qu'Armando nous traite comme des rois. Sa maison est luxueuse, on ne manque de rien. On visite la ville, on dîne dans les meilleurs restaurants, on sort dans les boîtes les plus chics. Je reste toujours un peu sur le qui-vive, mais ma vigilance faiblit petit à petit. Un matin, Armando vient me voir. Je suis installé dans un transat au bord de la piscine, je profite du soleil en me demandant combien de temps cela va durer et à quel moment il va m'exposer son plan pour le transport de la coke. Je suis venu pour ça après tout, pas pour me dorer la pilule à ses frais. Il me propose d'aller visiter une favela. Pas n'importe laquelle, celle où il a grandi.

C'est la première fois que je me retrouve dans ce genre d'endroit. On est bien loin de la Goutte d'Or. Devant nous s'étale toute la misère du monde. Une sorte de bidonville à flanc de colline. Des maisons, enfin, des habitations aux murs en briques et aux toits en tôle, des chemins en terre, parfois des planches de bois en guise de trottoirs. Des enfants qui courent partout, des chiens et des chats errants. Plus on grimpe, plus la pauvreté me saute aux yeux. Ceux qui habitent au pied de la favela sont les mieux lotis, ceux qui sont tout en haut n'ont rien, ou presque. Je suis surpris par ce que je vois, par tant de pauvreté, après avoir vu l'autre face de São Paulo. Cette ville se divise littéralement en deux : d'un côté les très riches, de l'autre les très pauvres. Pas de juste milieu ici. Quand on a de l'argent, c'est beaucoup. Quand on n'en a pas, c'est moins que rien. Ce qui est le plus étonnant pour un jeune de Paris comme moi, c'est la porosité entre ces deux mondes. La favela touche presque un immeuble ultramoderne que seule la classe la plus aisée peut se payer. C'est cette proximité qui me choque le plus. Quelques mètres à peine séparent des vies si différentes. Celle de l'opulence, du luxe, et celle où on a à peine de quoi manger, de quoi survivre. J'avais déjà conscience de la disparité qu'il pouvait y avoir dans Paris, au sein même du 18e arrondissement ou entre celui-ci et le 9e par exemple, mais là, on est dans l'extrême. Et je comprends mieux tout ce dont Armando me parlait quand nous étions en prison.

Il me surveille du coin de l'œil d'ailleurs, s'amuse de voir ma tête d'étonné et m'explique qu'il a passé son enfance ici, dans ces conditions déplorables. Mais il ne se plaint pas. Il me parle plutôt de souvenirs heureux, de solidarité. On ne peut pas faire deux pas sans qu'il s'arrête pour dire bonjour à quelqu'un, qu'il prenne des nouvelles de sa famille. Il connaît tout le monde. Les gens le saluent avec enthousiasme et respect, quelques-uns aussi avec une certaine crainte qu'on peut lire dans leurs yeux. C'est l'enfant prodige de la favela, celui qui a réussi, qui s'en est sorti. Le patron. Il lance quelques billets à des enfants qui jouent au foot sur un terrain vague faisant office de stade Maracana pour eux. Da Silva, son homme de main, ne le lâche pas d'une semelle. On ne sait jamais ce qui peut se passer. Au bout d'une quinzaine de minutes, Armando tourne dans une ruelle. Il y a moins de monde. On marche encore un peu avant de nous arrêter devant un petit entrepôt dont l'entrée est fermée par un rideau de fer. Deux coups secs, un long. Le signal pour dire que tout va bien. Le rideau s'ouvre dans un bruit assourdissant. Derrière, deux hommes cagoulés et armés. Coup de flip. Ça y est, c'est maintenant. Je vais me faire buter. Voilà ce que je me dis… Armando pose une main sur mon épaule, pour me rassurer. Nous le suivons à l'intérieur. En fait, c'est ici qu'il stocke sa drogue. Et je l'avoue, je n'en avais jamais vu autant d'un coup. Devant nos yeux, des centaines de gros blocs de cocaïne. Le Brésilien, tout sourire, m'apprend qu'il y en a une tonne. Une tonne de coke pure, la vache ! Je suis un peu soulagé, mais pas complètement rassuré.

Les deux gars en cagoule commencent à retirer des pains d'un kilo et à les disposer sur le côté. En cinq minutes, ils sortent vingt-trois kilos qu'ils rangent méticuleusement dans un gros sac de sport. Une chose me saute aux yeux. Il ressemble vraiment à celui que je me suis fait taper dans mon box, il a la même entaille que j'avais repérée, exactement au même endroit. Mes doutes sur le fait que le Brésilien m'a piégé sur cette histoire se confirment. Mais je n'ai pas le temps de tergiverser. Ses hommes le remplissent avec une telle dextérité que je me dis qu'ils ont l'habitude de faire ça, qu'ils sont aussi prêts à risquer leur vie pour garder la marchandise. Pas l'occasion non plus de calculer combien cela peut rapporter, mais je sens que c'est du gros. Armando s'approche de moi.

— Voilà le deal, Tess. Tu me fais passer ça en France. On a une route de prévue déjà. Tu pars d'ici et ton point de chute est au Sénégal, via la Turquie. T'en fais pas, on a payé des douaniers au départ, à l'arrivée et à Istanbul pour ton escale. Après, à toi de te débrouiller pour faire remonter la came de Dakar à Paris.

Nous y sommes. Je suis soulagé d'apprendre que je vais rester en vie. D'un autre côté, je sens que la partie ne va pas être évidente à gérer. Car la demande du Brésilien ne s'arrête pas là. Ce n'est pas qu'un simple transport de coke qu'il me demande, cela va bien plus loin.

— Tu as une dette envers moi. Donc, une fois que tu as réussi à passer ces vingt-trois kilos à Paris, tu me trouves quelqu'un pour te remplacer. Un employé à l'aéroport ou un mec dans un port, un docker. Quand tu l'as, tu me préviens et je fais un envoi d'une grosse cargaison, en mode test. Si tout se passe bien et qu'elle arrive comme il faut, je considère que tu m'as remboursé et que tu ne me dois plus rien. Et nos chemins se séparent, on ne se voit plus, on ne se parle plus, on ne se connaît plus.

Ce n'est pas un marché très équitable quand l'une des deux parties ne peut pas répondre autrement que par l'affirmative. Mais je n'ai pas vraiment le choix et je m'entends lui lâcher un « OK, pas de souci ». Comme si ce qu'il me demandait était normal et, surtout, facile à mettre en place…

Avant de trouver une personne susceptible de prendre ma place dans le business, il s'agit d'abord de réussir à acheminer ces vingt-trois kilos en France. Le départ est prévu dans deux jours. Et là, Théo, une des deux mules qui est venue avec moi, s'évapore. Il disparaît, littéralement. J'aurais dû m'y attendre, il a sans doute flippé et s'est barré sans demander son reste. On est dans la merde. Armando, lui, ne panique pas. Il me demande juste comment je compte faire, vu qu'il n'y a qu'une seule mule avec moi et que la drogue va être répartie dans deux valises, une avec treize kilos, l'autre avec les dix restants.

— On garde celle de dix et tu reviens avec un autre passeur la semaine prochaine.

— Non, non, je vais en prendre une, ça ira plus vite. Tu m'as dit que les douaniers étaient payés, qu'il n'y avait pas de problème, je fais le voyage avec les treize kilos. Et puis, le Sénégal, c'est moins surveillé. On n'aura pas trop de problèmes pour remonter jusqu'en France avec la marchandise. C'est une nouvelle route que les flics ne connaissent pas.

— Tess, ce n'est pas possible. Ce n'est pas si facile que ça. Dans ce genre de voyage, le risque zéro n'existe pas. On a corrompu des mecs dans les aéroports, mais on ne sait jamais ce qu'il peut se passer.

— Si, si, ne t'en fais pas, c'est moi qui pars en premier et Isaac suivra quelques jours plus tard. On se retrouve à Dakar et de là, on s'organise pour remonter la « sess » en France.

— Tu es sûr de toi ?

— Oui, pas de problème. On fait comme ça !

En réalité, je n'ai aucune envie de faire un nouvel aller-retour entre Paris et São Paulo, de repartir au Sénégal pour recruter encore des mules. Même si, à l'époque, ce pays est moins surveillé qu'aujourd'hui en matière de trafic de stups, je ne veux pas risquer de me faire prendre en m'y rendant deux fois en si peu de temps. Autant tout faire d'un coup.

Nous quittons l'entrepôt et redescendons pour sortir de la favela d'un pas plus rapide que lors de notre arrivée. Un des gars d'Armando porte le gros sac de sport avec la coke, deux autres sont positionnés devant et derrière lui, Da Silva toujours à ses côtés, la main sur la crosse d'un flingue bien visible. Nous arrivons à la voiture sans encombre, il balance la cargaison dans le coffre. Nous devons repasser par la villa, préparer nos valises, dans lesquelles nous allons répartir la drogue, et nous rendre dans un hôtel proche de l'aéroport. C'est là que j'attendrai mon vol, prévu pour le lendemain. Isaac, lui, restera un peu plus longtemps au Brésil et me retrouvera à Dakar. J'aurai alors déjà commencé à chercher des mules là-bas pour finir le périple. J'ai du boulot en perspective…

Les adieux avec Armando sont rapides et sans effusion. On se quitte en se disant que c'est fini, qu'on ne se reverra plus jamais. Je suis soulagé, même si le plus dur reste à faire : réussir cette dernière mission. Les heures passent lentement dans cette chambre d'hôtel. J'envoie un message à mon frère pour le rassurer, lui dire que tout va bien, mais sans l'informer du reste. Un homme de main du Brésilien toque à ma porte. C'est l'heure. Il m'accompagne pour vérifier que l'enregistrement se passe bien. Je remarque Da Silva non loin du comptoir qui regarde vers moi, le téléphone collé à l'oreille.

Il doit sans doute prévenir Armando que je vais bien embarquer. Je passe le contrôle sans encombre et m'installe dans un avion, direction Istanbul. Je ne connais pas la Turquie, mais je n'ai que douze heures d'escale avant de repartir pour Dakar. Je n'aurai pas vraiment le temps de visiter le pays. Je me dis qu'une fois tout ça terminé, je pourrai y revenir en touriste, sans risque, pour y prendre des vacances bien méritées. Je souris à cette idée, avale mon plateau-repas, choisis un film (*MR73*, d'Olivier Marchal, un réalisateur que j'adore) et je m'endors. Dans quelques heures, je dois atterrir à Istanbul. Puis redécoller pour le Sénégal, le lendemain. J'ai encore pas mal de choses risquées à faire avant de pouvoir profiter de mon temps libre. En Turquie ou ailleurs.

15

SUITE À UN INCIDENT TECHNIQUE, LE TRAFIC EST INTERROMPU

L'avion atterrit sans encombre à l'aéroport international Sabiha-Gökçen d'Istanbul à dix-neuf heures le 18 août 2010. Je suis en transit, mon vol pour Dakar est prévu à sept heures trente le lendemain matin et je n'ai pas prévu d'attendre ici. J'ai réservé une chambre dans un hôtel juste à côté. L'avantage, c'est que je n'ai pas besoin de m'occuper de ma valise, elle doit passer d'une soute à l'autre sans nouveau contrôle. Armando me l'a assuré, il n'y a pas de deuxième vérification prévue. Je suis donc plutôt serein quand les roues du Boeing se posent sur le tarmac turc. On roule lentement jusqu'à la porte où nous devons débarquer. Nous sortons et je me fonds tranquillement dans la foule du terminal. Je prends mon temps, je regarde les boutiques, j'achète un truc à boire. Bref, je suis comme n'importe quel passager qui a quelques heures d'attente entre deux vols, je m'occupe comme je peux. Je finis par sortir de la zone internationale pour me rendre à l'hôtel et prendre ma chambre.

La nuit est courte et pas franchement reposante. Je dors mal. Le stress. À cinq heures du matin, je passe les contrôles d'identité sans problème. L'heure d'embarquer pour le Sénégal approche. J'attends, j'attends encore, j'attends toujours. Je surveille les écrans. Toujours rien. Je regarde ma montre fébrilement. On devrait déjà être dans l'avion à cette heure, quelque chose ne va pas. Des passagers commencent à s'agacer devant le manque d'information. Il n'y a personne pour nous renseigner. Au bout d'une longue attente, ça y est, mon vol est enfin annoncé, mais avec du retard. Montée de stress immédiate. Je n'aime pas trop ça. Qu'est-ce qu'il se passe ? Pourquoi on annonce plus de deux heures de décalage sur l'horaire prévu ? J'entends des annonces diffusées au micro sans les comprendre. Je ne parle pas turc et mon niveau d'anglais est plutôt moyen. Je pars à la pêche aux informations. Tant bien que mal, je finis par apprendre que l'avion a un problème technique. Merde, la poisse. Je commence vraiment à stresser. D'autant qu'au bout d'un moment, on nous prévient qu'on va devoir changer d'appareil, que nous devons patienter encore sans nous préciser la durée, le temps de le préparer. Et, surtout, qu'il va falloir récupérer nos bagages qui ont été remontés du premier avion pour passer un nouveau contrôle. Là, je ne le sens plus du tout. Je tente de faire bonne figure et de rester le plus calme possible, au moins de l'extérieur. Parce que, intérieurement, mon cœur s'emballe à fond et c'est un peu la panique. Plein d'idées se bousculent dans ma tête.

La première, la plus évidente : je me suis fait piéger par Armando. Le salaud ! Il a voulu se venger, c'est évident. Très vite pourtant, je me dis que c'est impossible, il n'a pas pu faire ça. Le plan est que l'autre mule prenne le même chemin que moi dans quelques jours, il ne va pas sacrifier toute cette coke pour une vengeance personnelle et me mettre dans la panade. Il n'a rien à y gagner. Il ne m'aurait pas demandé non plus de lui trouver mon remplaçant et de lui ouvrir une nouvelle route sûre pour son trafic, car les ports espagnols par lesquels circule la came sont de plus en plus surveillés. Non, ce n'est pas ça. Une autre possibilité : les douaniers corrompus veulent plus de fric et ont monté tout ce mic-mac pour me racketter. Je suis prêt à leur lâcher de l'argent s'il le faut, en espérant qu'ils ne seront pas trop gourmands. Ou alors, et c'est sans doute la vraie et unique raison de ce retard et de tout ce bordel : l'avion a vraiment eu un souci technique et moi, je suis là, bloqué à Istanbul avec une valise contenant treize kilos de cocaïne pure, et je suis bien dans la merde.

Je prends place devant le comptoir de la compagnie aérienne, dans la queue des passagers qui, comme moi, sont agacés par la situation, et nous sommes aiguillés par une hôtesse vers le hall où se trouve le tapis sur lequel défilent nos bagages. J'aperçois ma valise. Je ne bouge pas. Je la laisse passer et faire un tour, puis deux, puis trois. Il ne reste plus beaucoup d'affaires à récupérer. Je ne peux plus faire mine d'attendre, je la prends et j'avance lentement vers la zone de contrôle. Lueur d'espoir quand je remarque que les douaniers ne font pas plus attention que cela et ne procèdent pas à des vérifications trop poussées. De temps en temps, ils demandent à passer une valise aux rayons X, mais ils regardent à peine leur écran de contrôle.

Plus que deux personnes avant moi. Rien à signaler. J'espère que je vais passer comme elles, c'est-à-dire vite et sans encombre. Mais je n'en mène pas large et je transpire beaucoup. Mon tour arrive. Un douanier me fait le signe tant redouté de poser mon bagage sur le tapis roulant. Mauvaise pioche.

— C'est à vous cette valise ?

— Heu... Oui, elle est à moi.

— Et ça, c'est quoi ?

— Je sais pas...

— Tu sais pas ? Je vais te le dire, moi, ce que c'est : de la drogue !

— Quoi ? Je vous jure, je savais pas ce que c'était, je croyais que c'était des médicaments et...

— Tais-toi ! Et viens avec nous. Tu es en état d'arrestation !

Et voilà comment à cause d'un incident technique sur un avion, je me retrouve en garde à vue à Istanbul. Bizarrement, je suis très calme, j'essaie d'analyser la situation froidement, même si j'ai beau retourner le tout dans ma tête et que la seule conclusion possible est que je suis dans un sacré pétrin. Une de mes premières pensées quand les flics m'embarquent, cela peut paraître curieux, c'est de me dire qu'au moins, ils ne vont pas casser la porte de chez moi, tomber sur mon daron et son regard désapprobateur, et ils ne vont pas retourner l'appartement avec ma mère au milieu, en larmes. Je suis à l'étranger, il n'y aura pas de perquisition à la maison, c'est déjà ça de pris. Voilà ce que je me dis au moment où je pars pour, m'apprend un officier, soixante-douze heures de garde à vue.

Les chefs d'accusation contre moi sont lourds : importation et exportation de drogue. Il faut dire que treize kilos, c'est une saisie record pour les douaniers. Je suis sûr, avec le recul, qu'ils avaient déjà repéré ma valise avant que je ne passe le contrôle et qu'ils ont fait durer le plaisir avant de m'arrêter. C'est de bonne guerre et je ne leur en veux pas. Ils ont toujours été courtois avec moi et ne m'ont jamais violenté. Par contre, le dialogue est difficile et j'ai du mal à répondre à leurs questions. Il y a bien un traducteur pour m'accompagner, mais je ne suis pas certain qu'il traduise exactement ce que je déclare tant j'ai du mal à le comprendre moi-même. Il parle le français comme une vache espagnole… Ajouté à cela le fait que je n'ai pas d'avocat et je me retrouve devant un juge sans trop savoir ce qui m'attend.

Là encore, comme chez les flics, je ne suis pas vraiment aidé par le traducteur. Je pense même qu'il ne comprend pas tout ce que je déclare mais qu'il ne le dit pas. Il traduit comme il veut, je ne sais pas ce qu'il peut raconter au magistrat. La seule chose que je comprends très vite durant mon interrogatoire dans ce bureau, c'est que je ne suis pas près de rentrer à la Goutte d'Or. J'encours une peine très longue, plusieurs années… Et comme je suis étranger, le juge ne prend pas le risque de me laisser en liberté dans l'attente de mon procès pour éviter que je prenne la fuite. Honnêtement, je peux comprendre sa décision, même si je me vois mal partir en cavale depuis Istanbul pour rejoindre la France. Mon passeport a été confisqué, mon portefeuille avec tous mes moyens de paiement est sous scellés, mon téléphone pareil, je ne peux pas aller bien loin.

Je sors pourtant de cette garde à vue avec un ordre de détention provisoire. Deux policiers m'escortent jusqu'à un fourgon blindé garé à l'extérieur du tribunal. Et là, quand j'arrive dehors, c'est la cohue. Les journalistes se pressent pour couvrir l'événement. Car c'en est un. Treize kilos de coke saisis, un trafiquant arrêté, les journalistes vont en faire leurs gros titres. Les flashs crépitent, il y a des caméras partout, des micros qui se tendent vers moi, j'entends qu'on me pose des questions mais je ne les comprends pas. Ma seule préoccupation à ce moment-là est de tenter de cacher mon visage entre mes mains. Je ne veux pas qu'on me reconnaisse.

Mais le mal est fait, c'est trop tard. Mon visage s'étale le lendemain dans tous les journaux turcs. À des milliers de kilomètres d'Istanbul, mon oncle regarde le JT de France 2, installé dans son canapé, fenêtres ouvertes car il fait chaud en plein mois d'août. Mon cousin Akira et mes cousines sont là aussi quand il se redresse soudain suite à la diffusion d'images en provenance de Turquie et le commentaire du journaliste annonçant l'arrestation d'un jeune Français, accusé de trafic de drogue.

— Attendez… C'est Tess là à la télé !

Mes cousins sont aussi surpris que lui, ils tentent pourtant de me défendre malgré l'inquiétude qui les envahit.

— Mais non, papa, ce n'est pas lui, lâche Akira, pas très sûr de lui.

— Arrêtez de vous foutre de moi, je connais mon neveu quand même et je vous dis que c'est

Tess ! Il est complètement fou ! Qu'est-ce qu'il a été faire là-bas ?

C'est ainsi que mon oncle m'a reconnu et qu'il a appelé ma mère pour la prévenir que je m'étais fait arrêter très loin du 18e arrondissement de Paris. Sur la route pour le centre de détention, je suis bien loin d'imaginer tout ça. Je ne me doute pas un seul instant que je vais passer à la télé et que ma photo va circuler dans toute la presse. Non, la seule chose qui m'importe à ce moment-là, c'est de savoir comment je vais faire pour tenir dans cette fichue prison turque...

16

MIDNIGHT EXPRESS

À travers la vitre du fourgon blindé et après une vingtaine de minutes de route, j'aperçois les murs de la prison. Je suis surpris, elle ressemble plus à une caserne militaire qu'à un établissement pénitentiaire. Normal, elle est située en plein milieu d'un immense camp militaire. Les appelés sont chargés d'escorter les prisonniers, ils s'entraînent sur eux en quelque sorte. Ils servent de cobayes, parfois ils les utilisent pour des formations aux interrogatoires. J'ai entendu dire, mais je n'ai jamais pu le vérifier, que certains testent aussi sur eux quelques méthodes plus rudes. L'armée turque n'est pas connue pour être la plus respectueuse des droits de l'homme et il semble que certains soldats s'amusent à torturer des détenus.

Devant la grande porte d'entrée, j'arrive à lire un panneau : CEZA-EVI. Littéralement : « MAISON-PUNITION ». Et au-dessus : MALTEPE. Nous sommes dans la banlieue d'Istanbul et je vais être incarcéré ici, dans le plus grand centre de détention du pays. Une prison particulière, dans laquelle on ne trouve que des détenus étrangers.

Plus de cinquante nationalités s'y côtoient. C'est ce que j'apprends en y arrivant de la bouche d'un autre prisonnier qui parle un peu le français, Bekir. Un Sénégalais qui vit en Turquie et qui s'est fait choper pour transport de drogue lui aussi. Les gardiens l'ont désigné pour être mon traducteur. Avant cela, ils ont procédé à une fouille au corps bien poussée. Puis Bekir m'explique les règles qui règnent à Maltepe. Je l'écoute attentivement, tente de bien comprendre ce qu'il me raconte car il ne parle en réalité pas très bien le français. Je pense tout de suite que ma situation est vraiment limite, mais je ne panique pas. Je me dis qu'il faut que je voie de mes propres yeux comment cela se passe à l'intérieur, qui sont les autres détenus, que j'analyse bien le tout avant d'agir. La seule chose que je saisis d'emblée, c'est que ça va être compliqué pour moi et qu'il va falloir que je m'adapte. On est à des années-lumière de ce que j'ai pu connaître en France à Fleury-Mérogis et je devine tout de suite que mes conditions de détention vont être très dures.

Je suis plus résigné qu'apeuré en réalité à ce moment-là. J'ai déjà effectué deux séjours derrière les barreaux. Alors, jamais deux sans trois… Cette possibilité était suspendue comme une épée de Damoclès au-dessus de ma tête de toute façon. Quand on fait du trafic de drogue et qu'on transgresse la loi tous les jours, c'est le risque, c'est ce qui nous pend au nez. On est en danger permanent, même si j'en avais perdu un peu la notion au fil du temps, le succès aidant. Mais la menace est là, en permanence. On se couche tous les soirs en se demandant si on ne va pas être réveillé à six heures du matin par une brigade d'intervention qui va casser la porte de chez soi pour une perquisition. Ou qu'on va se faire contrôler en voiture par une patrouille avec du produit plein le coffre. Évidemment, j'avais conscience que je pouvais retomber à tout moment, mais j'imaginais que ce serait plutôt en France. Si on m'avait dit que j'allais me retrouver dans une prison turque…

Mon arrivée à Maltepe se déroule comme pour tous les autres prisonniers. Je passe dans ce qu'ils appellent là-bas le dortoir des arrivants. C'est le seul endroit où étrangers et Turcs sont mélangés. Ceux qui sont là sont les pires, ils sont punis, c'est un peu leur mitard à eux, alors on les met avec nous. Et je plonge immédiatement dans le bain… Une sorte de grande cellule immonde, avec des bouts d'excréments sur les murs, l'odeur y est insupportable, les robinets de l'unique coin douche sont rouillés. Aucune hygiène, des conditions de vie très limites. Impossible de boire, d'aller aux toilettes. À peine à l'intérieur, je me fais voler mes baskets par un autre détenu, qui me laisse ses chaussures pourries à la place. Ambiance. Le peu de nourriture qu'on nous sert est immangeable. Bref, bienvenue dans *Midnight Express*. Ironie du sort, j'ai vu ce film pour la première fois trois ou quatre mois avant mon arrestation, et je me souviens m'être dit que cette histoire était un peu exagérée. En vérité, elle est moins pire que la réalité. C'est à cela que je pense, abasourdi, durant mes premiers jours à Malpete.

Je serre les dents en me disant que cette situation est provisoire. Je ne parle à personne, je reste dans mon coin, j'observe. Je remarque que la plupart des Turcs avec nous ont des entailles impressionnantes sur les avant-bras. Ils se coupent ainsi pour protester. Dès qu'ils sont mécontents, ils se tailladent très profondément. Au bout de quatre jours, enfin, on vient me chercher. Je dois suivre un gardien qui m'emmène dans une petite pièce pour récupérer mon « kit » de détenu : un matelas fin et miteux, une housse poussiéreuse, un plateau-repas en fer et une cuillère en plastique. C'est tout. Je m'étonne qu'il ne me donne pas de nécessaire de toilette, comme en France, mais il me fait comprendre qu'ici, c'est comme ça, que c'est tout ce que je vais avoir et que si je veux autre chose, il va falloir que je me le paie. C'est à ce moment-là que je prends réellement conscience d'où je suis et que le temps va être très long ici. Je ne sais pas pourquoi, mais je pense alors à mon frère décédé, en me demandant ce qu'il aurait dit en voyant ma situation. Je suis certain qu'il aurait employé les paroles d'une chanson du groupe IAM, qu'il m'a fait découvrir à l'époque, *Petit Frère*.

> Petit frère a déserté les terrains de jeux
> Il marche à peine et veut des bottes de sept lieues
> Petit frère veut grandir trop vite
> Mais il a oublié que rien ne sert de courir, petit frère.

Des mots qui collent bien à ce que je suis en train de vivre. Il m'aurait dit exactement ça, que mes bottes m'ont emmené bien loin, vraiment à sept lieues de Paris… Le maton m'escorte devant ce qui sera dorénavant ma cellule. Une large porte en fer avec une petite fenêtre et, sur le côté, un tableau sur lequel sont affichées les photos de tous les prisonniers qui s'y trouvent. Et il y en a beaucoup dans ce « kogus ». C'est comme cela que s'appelle cet endroit que je vais devoir partager, qui se prononce « coach ». Nous sommes quarante-deux très exactement à l'intérieur. Quand la porte s'ouvre, je retrouve Bekir. Ils m'ont mis dans le même kogus que lui pour pouvoir communiquer un minimum avec quelqu'un. Je suis le seul Français de Maltepe et nous ne sommes que très peu de Noirs. Très vite, les autres détenus m'ont trouvé un surnom : Pascal Nouma, comme le joueur de foot, qui était un des premiers Blacks à signer dans le championnat turc à l'époque.

J'entre sous le regard pas franchement amical de mes nouveaux compagnons de détention. Mon traducteur officiel ne me lâche pas d'une semelle et me fait faire le tour du propriétaire tout en m'expliquant quelles sont les règles de vie, ou plutôt de survie, qu'il va falloir respecter. Tous les kogus de Maltepe sont identiques, ils font environ cent mètres carrés sur deux niveaux. On entre et on se retrouve dans une grande pièce, le « salon ». Il y a sept « chambres » ensuite, cinq en haut et deux en bas, dans lesquelles on dort à six, puis deux douches et deux toilettes. Pour la douche, j'apprends vite que ça va être la guerre. Elle ne fonctionne que tous les trois jours, avec de l'eau chaude uniquement pendant une ou deux heures. Moi, comme je suis le dernier arrivé, je me retrouve à devoir poser mon matelas par terre.

Bekir m'explique aussi les horaires qui vont rythmer chacune de mes journées. Car tout est organisé dans un rituel immuable. Tous les matins, à six heures, les gardiens ouvrent la petite porte-fenêtre du kogus pour la distribution du pain. Enfin, ils ne le distribuent pas vraiment, ils le jettent à travers le trou plus qu'autre chose. Puis, à huit heures, c'est le comptage. Ils appellent cela « saïm ». Deux fois par jour, le matin donc et le soir à vingt heures. On doit tous se regrouper en ligne dans le salon et ils vérifient que tout le monde est bien là. Quand ils ont terminé de compter, ils s'en vont en disant « *Allah Kutarsin* », qui veut dire « Que Dieu vous sauve ». C'est à travers un haut-parleur qui ne fonctionne pas très bien qu'ils nous convoquent pour nous aligner. Pour ce qui est de la nourriture, on est très loin de l'hôtel de luxe, et même du simple Formule 1… Nous avons droit à une cuisse de poulet par semaine, un œuf aussi. Sinon, le menu est toujours identique : des haricots rouges ou blancs, jamais de poisson, un peu de boulgour immonde. Autant dire que les premiers mois, j'ai perdu du poids. Toujours manger la même chose, c'est dur et, parfois, je sautais des repas tant j'étais écœuré par ce qu'on nous donnait.

En plus des conditions matérielles de détention qui sont vraiment compliquées, il faut surtout gérer la cohabitation avec les autres détenus. Et ça, ce n'est pas une mince affaire. Dès mon arrivée, Bekir m'a prévenu.

— Il y a des règles et deux chefs qui font la pluie et le beau temps dans ce kogus. Essaie de ne pas te les mettre à dos, sinon tu vas vivre un enfer. Et tu seras en grand danger.

Je comprends très vite que c'est la loi du plus fort qui règne ici. En y rentrant pour la première fois, j'ai tout de suite remarqué un gars qui se rasait la tête avec une tondeuse. Un grand

Black nommé Ofulade. C'est le chef de la partie haute, un Nigérian. L'autre patron, celui du bas, s'appelle Rodriguez. Un Latino qu'on dirait tout droit sorti d'un gang du Salvador ou du Mexique. Tous les deux sont tombés pour trafic de drogue. Je sens que mon séjour ne va pas être une partie de plaisir. Et cela, je m'en rends compte dès le premier repas. Les gardiens nous amènent deux grandes marmites et, avant de pouvoir se servir, elles passent entre les mains d'Ofulade et Rodriguez qui décident, en gros, qui mange ou pas. Les plus chanceux auront leur part, les autres, les plus faibles, se contenteront des restes. Et si, par miracle, tu as de quoi manger, on ne peut pas le faire comme on veut, ni où on veut. Tout ce qui se trouve dans les parties communes du kogus a un prix et est à vendre auprès de l'administration de la prison. Il faut aussi convaincre les autres de nous faire une place à table. Sinon, le repas se prend assis par terre.

Après quelques jours d'adaptation, je commence à repérer qui est qui, qui fait quoi, avec qui parler (ou du moins tenter d'engager la conversation au départ vu que je ne parle pas anglais), et surtout de qui me méfier, c'est-à-dire à peu près tout le monde. Je suis en mode observation pour le moment, en attendant l'arrivée de mes deux avocats français que mes frères ont mandatés pour me défendre. Je les rencontre au parloir pour la première fois et c'est la douche froide. Ils m'expliquent que je risque une peine allant de dix à dix-huit ans et qu'il leur est interdit par la loi de plaider en Turquie. Il faut obligatoirement que ce soit un homme de loi turc qui assure la défense d'un prévenu au cours du procès. Mes avocats se mettent alors immédiatement à la recherche d'un collègue. Ils finissent, après de nombreuses difficultés, par en trouver un, mais qui ne parle pas du tout le français. Il faut aussi un traducteur pour que je puisse parler un minimum avec lui.

Pendant ce temps, mon affaire suit son cours sur le plan judiciaire. Je suis extrait plusieurs fois de Maltepe pour me rendre chez le juge. Pour être précis, je sors onze fois entre le mois d'août, au moment de mon incarcération, et le mois de mars, date fixée pour mon procès. Mais le système turc est bien éloigné du français. Quand on sort pour un interrogatoire, on est menotté tout le temps. On part à six heures du matin, encadré par les jeunes militaires de la caserne qui jouxte la prison, on peut ne revenir qu'à vingt heures et on a gardé les entraves toute la journée, les soldats et les flics s'en moquent complètement. Au tribunal, en attendant notre tour, on est enfermé dans des espèces de grandes cages. Le problème, c'est que les majeurs sont mélangés aux mineurs qui, eux, ne sont pas menottés. Et comme il n'y a pas beaucoup de Noirs en Turquie, avec moi, ils sont comme au spectacle. Les gamins me touchent, me taquinent, me poussent. Comme je ne peux pas faire grand-chose, ils en profitent. Mais ils n'arrêtent pas, jamais. Toujours sur mon dos, à m'emmerder, à me charrier. Une fois, j'étais de mauvaise humeur et je me suis énervé. J'ai tenté d'en étrangler un avec mes menottes pour qu'il arrête. Bagarre dans la cage, les gardiens entrent pour nous séparer et ils ont fini, ce jour-là, par me mettre dans une petite cellule tout seul. Je préférais ça que de supporter une minute de plus ces mômes, aussi pénibles que la fonction « repeat » d'un CD avec une chanson qu'on déteste. C'était sans cesse, sans interruption. D'où mon pétage de plombs. Si on ne m'avait pas arrêté, je pense que j'aurais pu le tuer. Les conséquences de l'incarcération dans des conditions déplorables commençent à se faire sentir. Je dois me protéger coûte que coûte, quitte à aller très loin et à commettre des actes qui ne me ressemblent pas.

Les visites au tribunal ont toujours été un moment compliqué. Si elles me permettent de sortir un peu de la tension du kogus et de la prison, elles sont aussi source de stress. Combien de fois me suis-je retrouvé à attendre toute la journée que le juge daigne me recevoir ? Des heures interminables pour, au final, m'entendre dire que le traducteur n'est pas venu pour X raisons, que je vais être reconvoqué prochainement. Et c'est le retour à la case prison, où la vie quotidienne est, au fil des semaines, de plus en plus insupportable et dangereuse. *Midnight Express* est certes un film, mais le problème, c'est que moi, je le vis en réel, au quotidien. Et, parfois, la réalité dépasse la fiction…

17

MA PART D'OMBRE

Mes premiers mois à Maltepe se passent relativement tranquillement si on peut dire, malgré l'environnement qui m'entoure. C'est-à-dire que je ne suis pas trop dans le collimateur des deux chefs du kogus, que je fais tout pour ne pas me faire remarquer. J'en profite pour apprendre quelques rudiments de turc, je vis ma vie de détenu tout en continuant d'observer tout ce qu'il se passe, notamment dans le salon, endroit où l'on se retrouve la majorité du temps. Je me concentre plus particulièrement sur les deux gars potentiellement les plus dangereux, dont je me méfie comme de la peste : Rodriguez et Ofulade. Ce dernier est suivi comme son ombre par son bras droit, Onyekar. Il ne le lâche jamais d'une semelle. Lui, je ne le sens vraiment pas.

La vie n'est pas facile, mais je n'ai pas trop à me plaindre comparé à certains de mes « colocataires ». Je reçois régulièrement de l'argent en provenance de France, je peux donc m'acheter un certain nombre de choses qui améliorent mon quotidien. Ici, sans argent, c'est plus que compliqué. Tout se paye, tout s'achète : une chaise, une table, du savon, du dentifrice, des draps, même l'électricité. Pour le téléphone, on a droit à dix minutes hebdomadaires, mais là encore, il faut raquer pour une carte téléphonique. Et nous devons remplir un formulaire avec trois numéros seulement que nous pouvons appeler, après des vérifications effectuées par l'administration. Une fois par semaine, nous pouvons aussi sortir une heure pour aller en promenade. Un bien grand mot pour une toute petite cour dont on fait le tour en quelques pas seulement. Mais c'est déjà ça, on peut au moins prendre l'air. J'essaie de me maintenir en forme en faisant du sport. Nous avons fabriqué des haltères avec les moyens du bord : un balai, une corde et des bouteilles d'eau aux extrémités, et nous organisons des séances de musculation quotidiennes.

Au bout d'un moment, je comprends qu'Ofulade et Onyekar me surveillent du coin de l'œil. Je sens qu'ils ne m'ont pas franchement à la bonne, sans doute parce que je suis le plus jeune de la cellule (les écarts d'âge sont importants et vont de trente-cinq à soixante-dix ans environ). Ils m'ont même trouvé un surnom péjoratif, « Smallboy », pour rappeler mon âge à tout le monde. Pour eux, je ne suis qu'un petit garçon… En plus de ma jeunesse, ce qui les agace par-dessus tout, je crois, c'est que je ne semble pas avoir de problèmes d'argent car ils voient bien que je peux me payer ce que je veux et que, un comble, je ne me prive pas d'aider les autres quand je le désire. Il y a notamment un codétenu, Dixon, qui est leur souffre-douleur. Moi, je l'aime bien ce type, il me fait un peu pitié aussi, alors je lui paie des choses de temps en temps, ce qui a l'air de bien les énerver. Car ceux qui n'ont pas de fric dans le kogus vivent un véritable enfer. Ils sont totalement asservis par les deux chefs, à leur merci, à leur service : ils doivent faire la vaisselle, le ménage, laver leurs vêtements, ils passent aussi parfois à la casserole, il faut le dire… Ils doivent gagner le droit de manger et, surtout, de rester simplement en vie.

Dans cet environnement hostile, je m'adapte du mieux que je peux en essayant de devenir une autre personne. Le Tess sympa, rieur, chambreur, roublard, n'existe plus à Maltepe. Je change complètement et je découvre la partie la plus sombre de ma personnalité. J'essaie de couper tout lien humain, de me détacher de ma vie d'avant, de l'oublier. C'est une jungle, il faut se transformer en lion, voire en tueur. Ma passion d'adolescence pour les mangas et les jeux vidéo m'a beaucoup servi dans cette prison. Quand je jouais sur ma console au cœur de la Goutte d'Or, je détestais perdre. Et pour parvenir à remporter un maximum de parties, il fallait acquérir de bons réflexes. En détention, c'est la même chose. Il est indispensable de se remettre en question, d'être à l'affût en permanence, d'élaborer des stratégies, des tactiques et de s'adapter à son adversaire. Dans les mangas, les héros font souvent preuve de résilience. Ils souffrent mais n'abandonnent pas, ils continuent le combat, ils ne lâchent jamais l'affaire. Ici, c'est la même chose. Je m'enfermais dans ma bulle, en repensant à tout cela et en particulier à un manga que j'aimais beaucoup : *Death Note*. L'histoire d'un carnet noir dans lequel on inscrit le nom d'une personne, à quelle heure et comment elle va mourir. Dans ma tête, je reprends cette idée en listant un certain nombre de gars qui sont dans mon kogus.

Pour qu'ils ne comprennent pas que je parle d'eux, j'ai commencé à leur trouver des surnoms. Il y a « le gorille » pour Onyekar. Il est petit, dans les un mètre soixante, avec une grosse tête, une voix super grave et les jambes très arquées. « Le robot », c'est Ofulade. « Le phoque », pour un mec qui boite. Il est assez gros, il a une barbe poivre et sel et, quand il marche, il a une démarche bizarre qui me fait penser à un phoque. Il y a aussi « Crocodile ». Lui, il est américain et je l'ai surnommé comme ça parce que c'est un vrai radin, il ne veut faire aucune dépense. Il ne claque rien, jamais, même pour cantiner. Il a dû perdre quinze kilos en quelques mois. Il y a aussi « Éléphant », et plein d'autres.

Ma part d'ombre ne fait que se développer au fur et à mesure que les jours, les semaines, les mois passent. Je suis dans l'attente de mon procès, qui a été retardé pas moins de huit fois en autant de mois, officiellement faute de traducteur. Quand il a enfin lieu, en mars 2011, je suis depuis un moment déjà un autre homme. Je ne me fais pas d'illusions et je m'y rends en étant sûr d'être condamné. Reste à savoir à combien de temps. Je ne comprends rien à ce qu'il se passe, la traduction simultanée n'est pas le fort de la justice turque, j'ai le souvenir d'un jugement expéditif, avec un juge qui n'écoute pas, qui s'endort même pendant l'audience. Et le verdict tombe. Lourd. Très lourd : quinze ans ferme pour importation et exportation de stupéfiants et une amende de cinq mille euros. Une peine incompréhensible, bien plus importante que ce que la loi prévoit. J'aurais dû écoper de huit à dix ans maximum, me disent mes avocats. Je suis dégoûté. Je leur dis que ce n'est pas possible de prendre pour de l'importation et de l'exportation en même temps. On fait l'un ou l'autre, pas les deux à la fois… et je leur demande de faire appel. Comme l'impression que je sers de cobaye, que les autorités veulent faire un exemple. Il faut dire que je me suis fait prendre avec une très grosse quantité, du jamais-vu à l'époque à Istanbul. Je me retrouve donc avec la plus grosse condamnation jamais prononcée en Turquie pour ce genre de crime. Mais je vais bien me garder de l'annoncer au sein de mon kogus. Pas la peine de me faire remarquer et de donner le bâton pour me faire battre. Beaucoup auraient été contents de l'apprendre et m'en auraient fait baver. Il n'y a que mon traducteur Bekir qui est au courant et je lui interdis d'en parler à qui que ce soit.

Retour à Maltepe avec ce poids supplémentaire sur les épaules. Si je dois passer une dizaine d'années ici, il va falloir que je me fasse respecter. Je cultive mon côté méchant en ne parlant presque jamais à personne, de toute manière, malgré mes quelques rudiments de turc, je n'ai pas vraiment de quoi faire la conversation à qui que ce soit, encore moins avec mon anglais niveau CM1. Je m'enferme de plus en plus dans mon monde et dans mon rôle de détenu peu fréquentable. Je me suis surtout rendu compte d'une chose. Quand on fait le méchant, on inspire la peur. Et c'est une très grande faculté que d'inspirer ce sentiment. Il procure même une sorte d'ivresse, comme si on avait le pouvoir de vie ou de mort sur les gens. C'est un véritable plaisir, un vrai kiff, mais cela peut aussi rendre un peu fou. Je me souviens que certains matins, dès que je me réveillais, je cherchais une excuse pour imaginer que je faisais du mal à quelqu'un juste parce qu'il m'avait mal regardé. Je me mettais à penser à ce que je pouvais lui faire, à la souffrance que je pouvais lui provoquer. C'était devenu un passe-temps. Je le concède, une drôle de façon de s'occuper.

Je lis aussi pas mal grâce aux livres que je reçois de ma famille. Mon frère vient me rendre visite tous les deux ou trois mois et m'en laisse plusieurs à chaque fois. *Le Prince*, de Machiavel, est devenu mon livre de chevet. Sa thèse me conforte dans l'idée de se comporter de manière inhumaine. Une fois par trimestre, je reçois aussi la visite d'une personne de l'ambassade de France, qui m'apporte quelques journaux (*Le Parisien*, *Libération*), que je dévore pour me tenir informé de l'actualité en France.

Pour jouer parfaitement mon rôle de mec pas fréquentable au sein du kogus, je suis allé très loin. Et quand je dis très loin, cela a été au-delà de tout ce que j'aurais pu imaginer. C'est un Sud-Africain qui m'explique un jour que pour devenir un vrai homme il faut se scarifier… le pénis. J'assiste à une séance de scarification histoire de me rendre compte en quoi elle consiste exactement. Beaucoup de sang et, une chose bizarre, des détenus qui balancent du lait sur le visage de celui qui vient de se faire scarifier et qui l'obligent à en boire pour, soi-disant, arrêter le saignement. Sans trop rentrer dans les détails, l'affaire se fait à la lame de rasoir. Avant cela, il faut couper le bout d'une brosse à dents, le poncer jusqu'à ce qu'il devienne tout rond et le passer à l'eau de Javel pour le désinfecter. Ensuite, on tire le bout du pénis, on l'incise avec la lame et on y insère la bille faite avec les moyens du bord. Celle-ci, en bougeant pendant un rapport sexuel, décuplerait les sensations pour procurer à tous les coups un orgasme plus fort à sa partenaire d'après celui qui le pratique. Une fois que j'ai vu de quoi il retournait, le Sud-Africain me demande si je suis un vrai bonhomme. Je comprends que je n'ai pas vraiment le choix. Vis-à-vis des autres détenus, je suis alors devenu quelqu'un qu'on peut croire, qui fait ce qu'il dit et qu'il ne faut pas trop emmerder. Quel prix payé pour cette pseudo-tranquillité...

Après un moment, je reprends mes esprits. Je suis bien dégoûté par mon premier procès et par ma condamnation, je décide alors de prendre un autre avocat turc. J'ai l'espoir d'un verdict plus clément en appel. Mais pour cela, il faut qu'il y ait une nouvelle audience. Si on dit que la justice française est lente, la turque n'a rien à lui envier. J'attends une date pour être jugé une deuxième fois, on me dit que cela risque d'être long. Je patiente. Je perds patience. Je m'énerve. Pendant ce temps, ma famille ne me lâche pas. Ma sœur, par exemple, envoie régulièrement des mails à l'ambassade de France et au ministère de la Justice pour qu'ils se bougent pour moi et réclame mon transfert vers la France. Mon second procès a finalement lieu… trois ans après le premier. Trois ans ! Une éternité quand on est enfermé dans la prison de Maltepe. Et au moment où l'audience s'ouvre, je suis surpris de me retrouver face au même juge ! C'est quoi cette blague ? OK, j'ai compris, on file tout droit vers une parodie de justice. Autant dire que je sais tout de suite que la partie est jouée d'avance. Et j'ai malheureusement raison. Je prends exactement la même condamnation… Pourquoi changer une équipe qui perd ? Je préfère que ma mère et ma sœur ne soient pas au courant de la peine. Quinze ans, c'est trop long, elles risquent de ne pas s'en remettre. Seul mon frère le sait, et c'est mieux comme ça.

Les semaines passent et se ressemblent au sein du kogus. Scènes de violence ordinaire, avec des bagarres quasi quotidiennes. À Maltepe, des femmes sont aussi emprisonnées. Elles sont dans un autre bâtiment, mais elles prennent les mêmes peines que les hommes. Elles échangent des lettres avec certains de mes colocataires grâce à l'un des nôtres, qui est marié avec l'une d'elles, ce qui provoque souvent des embrouilles. Même en prison, les hommes se battent pour les femmes… Scènes bizarres aussi. Quand on regroupe autant de monde dans un endroit clos, avec des nationalités différentes et de nombreuses religions et croyances, ce n'est pas étonnant. Un jour, un gars fait une crise d'épilepsie. Il est allongé sur le sol, il tremble de partout, mais personne ne bouge et tous restent là à le regarder. Je me précipite car il est en train d'avaler sa langue. D'autres détenus tentent de m'en empêcher, en disant qu'il a le démon en lui et qu'il faut le laisser mourir, que c'est le diable qui veut le prendre…

Mes relations avec certains codétenus se dégradent, notamment avec Onyekar, le bras droit du chef Ofulade. Il s'énerve souvent contre moi pour des broutilles, cherchant le moindre prétexte pour s'embrouiller, pour m'insulter. Moi, je ne me laisse pas faire et je réponds. Un jour, il me bouscule un peu plus fort que d'habitude dans le couloir du bas qui mène du salon aux deux chambres. Je le pousse aussi en lui donnant un bon gros coup d'épaule. Il me le rend. On commence à se chauffer sérieusement, les autres arrivent pour nous séparer. Et certains nous disent :

— Vous voulez vous battre ? Eh bien d'accord, allez-y, mais faites ça bien !

Ils forment un cercle avec nous deux au milieu, un ring humain.

— Voilà, personne ne sort de là, on ne vous séparera pas ! Ce sera jusqu'à ce que l'un de vous deux ne se relève pas. Vivant ou mort.

La baston démarre, on se met des coups un peu dans tous les sens. Je remarque tout de suite qu'il veut m'agripper, en mode lutteur. Je sais qu'à un moment, il va vouloir m'attraper les jambes pour me faire tomber et donc baisser la tête. J'attends un peu et, à l'instant même où il le fait, je lui colle un coup de genou sur le crâne. Il est surpris, un peu sonné et je me mets à l'étrangler. Je serre fort, il a du mal à respirer. Je l'étrangle encore plus, il est à deux doigts de perdre connaissance. Et c'est là que des mecs viennent nous séparer. Certains protestent en hurlant que ce n'est pas le deal, qu'il faut laisser le combat aller jusqu'à son terme. Mais on s'arrête là et Onyekar est encore plus énervé. Il a perdu la face contre le petit jeune du kogus, contre « Smallboy », il ne peut pas en rester là et laisser passer cet affront ultime.

Je reste sur mes gardes au cours des jours qui suivent car je me doute qu'il va vouloir tenter quelque chose contre moi. Mais je ne m'attends pas à ce qui va suivre. Après sa défaite, il s'est vengé, certes, mais sur Dixon, le gars que j'aimais bien et que j'aidais de temps en temps. Il était déjà son souffre-douleur, mais là, il n'a pas arrêté de l'emmerder. Un soir, on entend un grand boum en provenance des toilettes. On se précipite et on voit le Dixon allongé par terre, comme s'il était tombé. Il a perdu connaissance, il est mal en point. On appelle les gardiens grâce à un bouton d'urgence à l'entrée du kogus. Ils mettent plus de trente minutes à arriver. Pendant tout ce temps, personne n'ose le toucher, il est là, les yeux fermés, sans bouger. On a l'impression qu'il respire, mais on n'en est pas sûrs. Les matons se pointent enfin, le ramassent sans ménagement, littéralement comme un vulgaire objet, et l'emmènent. Trois ou quatre jours plus tard, nous ne savons toujours rien sur ce qui lui est arrivé. Bekir prend alors à partie le Basch-Meemour, le chef des gardiens.

— Vous avez des nouvelles de Dixon ?

— C'est qui, Dixon ?

— Celui qui a fait la chute dans les toilettes l'autre fois.

— Ah lui... Ben, il est mort. Un de mes hommes va vous passer un paquet de sucre en guise de condoléances.

Je ne sais pas si c'est le décès de Dixon ou le coup du paquet de sucre qui me choque le plus. Mais bon, c'est ça la vie à Maltepe. Cette disparition ne marque pourtant pas la fin de mes ennuis. Deux semaines plus tard, alors que je vais prendre ma douche, je sens quelqu'un derrière moi. Onyekar ! Il a l'air d'avoir quelque chose dans la main, mais je n'ai pas le temps de voir ce que c'est. Tout va très vite. Je devine qu'il veut m'asséner un coup, me planter avec cet objet pointu. J'ai le réflexe de me retourner et de mettre ma main. C'est elle qui prend et je commence à beaucoup saigner. Des gars se mettent à crier tandis que la douleur arrive, très forte. Là, il me replante, au niveau de l'œil cette fois. Je me retrouve au sol, terrassé tellement j'ai mal, et il me roue de coups. J'entends les autres crier : « Il lui a crevé l'œil ! Il lui a crevé l'œil ! » Là, par terre, je me dis que je ne suis pas bien, que j'ai perdu mon œil, que je vais crever ici, dans une fichue prison turque, loin de chez moi, tué par un putain de criminel. J'ai des images qui me viennent en tête aussi, liées aux mangas. Pensant que je vais être borgne, je m'imagine en Zoro, de *One Piece*, ou en Kakashi, de *Naruto*. Un des détenus a la bonne idée d'appuyer sur le bouton de secours et, cette fois, heureusement pour moi, les gardiens arrivent vite. Ils m'embarquent à l'infirmerie.

Dans mon malheur, j'ai eu une chance folle qui tient dans le chiffre un. Un comme un millimètre. La lame de ce couteau de fortune est passée à un millimètre de mon œil. Tellement près, que les médecins ne pouvaient pas me recoudre et qu'ils ont utilisé une sorte de colle pour refermer la plaie. J'ai eu tout de même des points de suture à la main, qui était bien entaillée, et il a fallu soigner des dizaines de coupures sur le reste du corps. Onyekar s'est bien acharné et c'est un miracle si je suis encore en vie. Durant ma convalescence, qui dure plusieurs semaines, j'ai le temps de réfléchir. Me reviennent en mémoire les paroles de Lunatic et de Booba dans *La Lettre*, que je trouve parfaitement adaptées à ce qu'il vient de m'arriver.

> Maintenant j'sais j'peux compter sur qui
> Merci d'ton aide, j'vais survivre
> C'est pas le bled ou la Turquie.

Elle me donne des forces tout en me confortant dans mon idée que je ne peux compter que sur moi-même si je veux m'en sortir, même si c'est une prison turque. Après tant d'années derrière les barreaux, j'ai appris une règle, que j'ai fini par m'imposer : si tu veux survivre et en sortir sain et sauf, apprends à aimer ce que tu détestes et à détester ce que tu aimes.

Je me dis que je suis passé très près, que j'ai eu chaud, qu'il faut peut-être que je me calme un peu, que j'arrête de faire le dur. Mais se calmer ne veut pas dire ne rien faire et, surtout, ne pas se venger. Il est clair pour moi que je ne peux pas rester sans réagir et qu'il est impossible de ne pas répondre à cette agression. Je ne dois pas perdre la face. Il me faut simplement du temps pour y penser. Les gardiens me demandent si je veux retourner dans mon kogus ou si je préfère en changer vu ce qu'il s'est passé. Hors de question de bouger. De toute manière, je suis un peu obligé d'y retourner, c'est là où se trouve Bekir, le traducteur de français. Je n'ai pas trop le choix en réalité.

De retour dans mon antre, je fais profil bas. Je fais même semblant d'avoir compris la leçon et je dis à Bekir que je vais payer mon tribut à Ofulade et Onyekar toutes les semaines, du fric en échange de leur « protection ». Pour qu'ils me foutent la paix en réalité. Et me laisser le temps de préparer ma réponse. Car j'ai un plan. Je dois marquer le coup de manière ferme et définitive. Pas le droit de me louper, sinon… c'est la fin pour moi. Je patiente donc tout en mettant au point ma stratégie en attendant le moment idéal pour la mettre en œuvre. Nous avons deux bouilloires dans le kogus, dont une qui est défectueuse. Quand on la branche, elle fait sauter les plombs. Elle va devenir mon arme pour ma vengeance. Au bout de plusieurs jours, j'ai enfin l'opportunité. J'ai bien étudié les habitudes d'Onyekar, à quelle heure il va dans sa chambre, quand il en sort pour se rendre au salon, etc. Je demande à un Latino de mon étage, un mec plutôt sympa et assez jeune lui aussi, dans la trentaine, qui n'aime pas trop les chefs non plus, de me filer un coup de main. Pendant que je fais bouillir de l'eau dans la bouilloire qui fonctionne bien, je lui dis de brancher l'autre, celle qui ne marche pas. Il s'exécute. Bingo ! Les plombs sautent. On est dans le noir. Immédiatement, Onyekar arrive pour voir ce qu'il se passe. Je suis prêt. À l'affût. Je n'attends pas très longtemps avant de le voir débarquer en râlant. Je souris. Et je lui balance l'eau bouillante en pleine poire. Il hurle. Il est brûlé de partout. Et je commence à le frapper de toutes mes forces avec une chaussette que j'ai remplie de piles pour lui faire vraiment mal. Je m'acharne sur lui, il n'est pas beau à voir. Bouton d'urgence de nouveau. Infirmerie. Et bye bye Onyekar. Lui, contrairement à moi, ne refuse pas l'offre des gardiens. Il n'a pas le courage de revenir dans notre kogus. Plus personne ne vient me chercher des noises après cet épisode. Ofulade a perdu son bras droit. Rodriguez a vu que je ne me laisserai pas faire. Bref, on me fout la paix et c'est mieux comme ça.

Les années passent. Bientôt six ans que je suis enfermé ici. C'est long, les conditions sont dures, presque inhumaines. On ne s'habitue pas à vivre comme ça, comme des animaux en cage. Les gardiens nous ont confisqué le balai avec lequel on faisait nos haltères. Plus possible de faire de la musculation. Alors, pour me maintenir en forme et passer le temps, je monte et descends les escaliers du kogus une centaine de fois par jour. C'est aussi la seule chose que je peux faire pour ma famille. Je me dis que je dois m'en sortir, que la seule chose que je peux faire ici, c'est de rester en vie et de garder la tête froide. Je lui dois bien ça. Elle n'a rien demandé et elle soufre à cause de moi. Je suis le seul responsable de ce qui m'arrive, mais mes parents, mes frères et sœurs ne m'ont jamais lâché. C'est à ce moment-là que je comprends ce qu'est l'amour, et je me considère alors comme chanceux, malgré ma situation. La moindre des choses, c'est donc de tenir, coûte que coûte. Même si j'ai perdu tout espoir d'être transféré en France pour y finir de purger ma peine. Les mails de ma sœur ne donnent rien, ils restent souvent sans réponse et je commence à me faire à l'idée que je ne suis même pas à la moitié de ma condamnation. Je me demande comment je vais faire pour tenir encore aussi longtemps. Heureusement, depuis quelques mois, en plus de mon frère, ma sœur peut venir me rendre aussi visite. Il aura fallu attendre cinq ans avant d'obtenir ce droit… Je suis surpris la première fois que je la vois au parloir, parce qu'elle est accompagnée de ma mère. Je suis vraiment content de les voir, même si les conditions ne sont pas terribles. Une grosse vitre opaque nous sépare et pour se parler il faut passer par une sorte d'interphone, un peu comme un téléphone. La vitre est si épaisse qu'on ne s'entend pas sinon. La durée est limitée à trente minutes, pas une de plus. Un signal nous avertit qu'il n'en reste plus qu'une puis une sirène stridente se met à hurler si fort qu'on peut croire qu'elle va nous briser les tympans. Après ces visites, le retour au kogus est particulièrement difficile. Elles viennent une fois tous les trois mois environ et, à chaque fois, je mets un peu de temps à m'en remettre. Je prends vraiment conscience de la situation dans laquelle je suis à ce moment-là, du mal aussi que je leur ai fait, que je leur fais encore. Je ne suis pas franchement fier de leur infliger tout ça, de les obliger à venir en Turquie, un long voyage pour même pas quelques heures de discussion. Mais elles gardent toujours le sourire et, surtout, l'espoir. Elles sont persuadées que je vais sortir de ce trou à rats un jour. Elles multiplient les démarches officielles, elles harcèlent les autorités françaises, les abreuvent de demandes, elles ne lâchent rien. Je les ai déçues, blessées, j'ai tout fait pour qu'elles ne veuillent plus jamais me parler, pourtant, elles y retournent encore et encore. Je suis vraiment admiratif de leur ténacité. De véritables lionnes qui ne lâchent jamais leur proie. Elles y croient plus que moi.

Arrive la période la plus dure à Maltepe, l'hiver. Il y fait froid, sombre, le décor parfait pour une bonne déprime. Noël approche, nous sommes en décembre 2015. Cela fait bien longtemps que je ne crois plus au Père Noël. Et pourtant…

18

DOUCE FRANCE

Dehors, la neige tombe à gros flocons. Je peux apercevoir l'épaisse couche blanche qui se forme à travers les barreaux d'une des fenêtres du kogus, large d'une trentaine de centimètres. Il fait froid. Les semaines qui arrivent ne vont pas être faciles. À l'approche des fêtes de fin d'année, c'est toujours comme ça. Les détenus sont plus tendus, à fleur de peau. La raison est simple et logique : ne pas être auprès de leur famille. Les échaufourrées se font plus nombreuses, plus violentes aussi. Tout le monde prend conscience qu'il est finalement bien seul au milieu de tous les autres condamnés. On le sait pertinemment, cette période exacerbe ce sentiment et provoque plus d'incidents qu'à l'accoutumée. Je m'apprête à vivre mon cinquième Noël dans cette prison de la banlieue d'Istanbul. Même si je ne veux pas me l'avouer et que je commence à avoir l'habitude, car on s'habitue à tout, c'est toujours une date pas comme les autres quand on est incarcéré.

J'ai aussi reçu une lettre de mon pote Bram's qui m'a bien retourné. Et qui me met face à mes responsabilités, comme si j'étais devant un miroir qui m'oblige à me regarder en face, à ne pas détourner le regard. Et ce que je vois n'est pas joli. Dans ce courrier, je prends en pleine face la conséquence indirecte de mes actes, de mes choix de vie, pour mon petit frère Kara. Avec moi en prison, il a dû assumer le fait de devenir l'aîné de la fratrie. Il n'a jamais cessé de me soutenir et il vient me rendre visite ici tous les mois. Pour m'aider, car il faut de l'argent pour survivre à Maltepe, il a décidé de rechercher toutes les personnes qui me doivent de l'argent, tous ceux à qui j'ai fait crédit (on appelle ça « un chrome »). Bram's m'écrit que ceux qui ont des dettes envers moi, plutôt que de rembourser, tentent de le recruter. Il doit parfois sortir armé, car ces personnes ne sont pas très recommandables. À chaque fois, le même refrain : « Oui, on va te payer, mais avant, tu veux pas venir avec moi, m'aider pour une transaction ? Je te file le fric après… » Ou alors, elles veulent qu'il gère une partie de leur business légal de blanchiment en lui promettant des sommes folles, vingt ou trente mille euros par mois. Kara a toujours refusé. Contrairement à moi, il a su dire non, lui. La preuve vivante que c'est possible de ne pas tomber dedans. Il est plus mature que son grand frère, il a plus le sens des responsabilités. Il est allé jusqu'à ne pas avoir de petite amie pour pouvoir s'occuper de moi. Sans lui, je n'aurais jamais tenu.

Je traîne dans le salon quand la petite fenêtre à côté de la porte s'ouvre. Un gardien s'approche et se met à hurler mon nom.

— Tidiane Karaguera ! Transfert !

Je ne comprends pas tout de suite ce qu'il dit. Il répète. Je m'approche pour être sûr d'avoir bien entendu.

— Tidiane Karaguera ! Transfert !

— Comment ça, transfert ?

— Oui, transfert ! Tu es transféré dans une autre prison. Et tout de suite !

— Attendez, attendez, je prends mes affaires et j'arrive !

Je n'en reviens pas. Cette annonce arrive sans prévenir. Je ne m'y attendais pas du tout. Je ne sais pas vraiment ce qu'il se passe, ni où je vais aller, mais je me dis immédiatement que si on me sort de Maltepe, c'est que ma demande de retour en France doit avoir bien avancé. Il ne me faut pas plus de cinq minutes pour rassembler quelques effets personnels et me présenter juste derrière la porte du kogus. Je frappe plusieurs coups pour indiquer au gardien que je suis prêt. Je me retourne à peine. Je ne salue que deux personnes avant de partir, Bekir et le Latino, auxquels je dis de se partager tout ce que je laisse ici, mais aucun autre de mes codétenus. Je tente de rester stoïque, à l'intérieur pourtant, c'est le feu d'artifice. Allez, au revoir Maltepe. Pas ravi de t'avoir connu et, surtout, j'espère ne plus jamais remettre les pieds ici. T'oublier, je ne le pourrai pas. Revenir, je ne le ferai pas, tu peux en être sûr. Mais avant de savoir quelle est la suite des événements et si je vais réellement être transféré et retourner dans l'Hexagone, il faut sortir d'ici. Menottes, fourgon. Il fait presque moins dix degrés, je suis frigorifié. Je claque des dents et je m'en fous. Je me casse. Je me tire. *Ciao*. Ou plutôt *güle güle*, comme ils disent ici.

Un des jeunes militaires qui m'escorte jusqu'au véhicule pénitenciaire m'apprend que l'on m'emmène dans une autre prison, celle de

Metris, située tout près de l'aéroport. Ça commence à sentir vraiment bon cette histoire. L'extradition s'approche à grands pas. Je m'enflamme, je me prends à rêver que je serai en France pour Noël. Mais la vraie vie, ce n'est pas un rêve. Il va falloir être encore un peu patient. Arrivé dans ce nouveau centre de détention, je suis immédiatement placé à l'isolement. Comme je suis en transfert, on me l'a enfin signifié officiellement en passant les portes de Metris, les autorités ne veulent pas que je sois mélangé aux prisonniers turcs. Me voilà donc tout seul dans une cellule à la fenêtre cassée. Une cellule, ou plutôt, un congélateur tant il y fait froid. J'ai bien cru que j'allais y rester. Pour me réchauffer, je n'ai qu'une bouilloire, allumée en permanence.

Ce calvaire a duré deux mois. L'un des pires Noëls de ma vie. J'ai pourtant cette bonne nouvelle que je vais bientôt quitter la Turquie en guise de cadeau, mais aucune date précise ne m'est donnée. Soixante jours à me peler, à claquer des dents, à tenter de ne pas mourir congelé sur place et à attendre qu'Interpol dépêche des agents sur place. J'en viens presque à regretter Maltepe par moments. Et enfin, un jour, on passe me chercher. Les flics m'encadrent pour sortir. Une fois dehors, l'un d'eux me dit :

— On t'enlève les menottes, mais tu ne fais pas de conneries, hein ? Tu ne cherches pas à nous la faire à l'envers et à t'enfuir.

— Vous me ramenez en France, où est-ce que tu veux que je parte ? En plus, un Noir en Turquie, sans fric et sans passeport, je peux pas aller bien loin. Je vais pas m'échapper, ne t'en fais pas.

On rigole. Il se rend compte que j'ai raison et que sa question est un peu déplacée, pour ne pas dire complètement idiote. Je me détends et on arrive rapidement à l'aéroport, où les agents d'Interpol m'expliquent que la justice française a prévenu ma famille de mon transfert et que j'aurai sans doute droit à un coup de fil en arrivant. Le vol jusqu'à Paris se passe sans encombre. Nous atterrisons à Roissy-Charles-de-Gaulle. Pas le temps d'aller jeter un œil à la tour Eiffel, nous filons directement au parquet de Bobigny, où je dois être présenté à un juge. Une voiture attend sur le tarmac. Avant de monter dedans, je demande une faveur aux flics. Ils sont alors surpris de me voir m'agenouiller pour embrasser le sol.

Dans son bureau, le magistrat va droit au but.

— Vous avez pris combien ?

— Quinze ans.

— Quinze ans ? Mais… Vous avez tué qui ?

— Monsieur, je n'ai tué personne, je vous promets. Je me suis juste fait arrêter avec plusieurs kilos de coke dans ma valise.

Il commence à jeter un œil à mon dossier, qu'il semble découvrir à cet instant. Vu les piles qui débordent de son bureau, cela ne m'étonne pas. Justice à la chaîne, qui manque de moyens et de gens pour la rendre. Cela se passe sous mes yeux. Police partout, justice nulle part ? Je repense à ce slogan que j'ai entendu je ne sais plus où en attendant de voir la suite. Le juge tourne les pages, fronce les sourcils, fait la moue. L'impression que cela dure une heure, alors que la scène a sans doute duré une ou deux minutes. Je ne dis rien, je le regarde, impatient. Je ne sais pas à quelle sauce il va me manger.

— Ça fait beaucoup… Vous savez que vous pouvez demander une adaptation de peine ? Parce qu'en France, le maximum que l'on peut prendre pour transport de stupéfiants, c'est dix ans de prison.

En attendant d'entamer des démarches avec mon avocat, le juge me signifie que je vais partir en détention à Villepinte. J'y arrive avec une nouvelle escorte, après avoir salué les flics d'Interpol qui sont venus me chercher en Turquie.

Comparée à Maltepe, la prison de Villepinte ressemble à un hôtel cinq étoiles. Après six années enfermé en Turquie, me retrouver dans une cellule française, c'est du luxe pour moi. Surtout quand arrive l'heure de manger. Je me rue sur la ration de nourriture qu'on me sert comme s'il s'agissait d'un plat réalisé par un grand chef.

Maintenant que je suis de retour en France, les choses vont se simplifier, même si je sais que je dois rester derrière les barreaux pour un moment encore. Mais rien à voir avec les années que je viens de vivre. Ici, je ne risque pas de me faire planter par un gorille dans les douches. Fini aussi la bouffe dégueulasse, l'espèce de boulgour mal trié dans lequel il n'était pas rare de trouver des vers de terre, le pire plat que j'aie jamais goûté dans ma vie. Avaler deux cuillères de cette mixture, c'était des maux de ventre terribles assurés. Autant dire que je ne m'y risquais pas beaucoup. Mais, parfois, il n'y avait que cela au menu et il fallait bien avaler quelque chose d'autre que les chips, le Fanta ou le Coca que je pouvais cantiner. Moi qui fais partie de la génération fast-food, qui n'ai pas forcément le palais très affûté à cause de la malbouffe, j'ai souffert de cela, j'ai eu du mal à manger. Le pire a été la dernière année. Mon estomac en avait marre, il ne supportait plus rien.

Je suis loin de ces considérations maintenant que je suis incarcéré dans des conditions disons plus normales, moins inhumaines. Ce qui ne veut pas dire que la prison de Villepinte est un établissement que je recommande. Mais comparé au kogus de Maltepe, il est largement au-dessus de la norme. Je suis avec des gens qui parlent ma langue, j'ai affaire à une justice qui certes n'est pas parfaite, mais qui rend ses décisions en se fondant sur le droit. Ma famille peut me rendre visite plus souvent, sans avoir à faire un long voyage. Je ne dis pas que tout va pour le mieux, je dis juste que tout est plus simple et supportable.

Au niveau judiciaire, mon avocat a lancé la procédure d'adaptation de peine. Un juge me convoque et me parle du sursis avec mise à l'épreuve de ma dernière condamnation en

France, avant le Brésil, avant Armando, avant la coke, avant la Turquie. Bien sûr, il est tombé et je ne le savais pas. Quand je suis déféré à citer, comme dit la loi, je déclare au magistrat que j'étais en prison en Turquie, raison pour laquelle je n'ai pas pu effectuer ma peine en France à ce moment-là. Il vérifie ma déclaration et prend la décision, logique, d'annuler ce sursis. Après me l'avoir annoncé, il poursuit :

— Je peux vous poser une question plus personnelle ?

— Bien sûr.

— Vous avez vu le film *Midnight Express* ?

— Oui, je l'ai vu quelques mois avant d'aller en Turquie.

— Eh bien, vous êtes courageux, monsieur.

Décidément, ce film me suit comme une ombre et je suppose que ça va continuer encore longtemps. À chaque fois que je raconte mon histoire, on m'en parle. Et quand j'explique que la réalité est bien pire que la fiction, les gens sont effarés.

Retour à Villepinte, où je sais que je vais devoir passer encore quelques années. Ma demande d'adaptation a été approuvée et ma peine réduite à dix ans de prison. C'est toujours ça de pris, cinq ans de moins qu'en Turquie. J'ai déjà effectué plus de six ans, avec les remises classiques, je devrais sortir d'ici trois ans. Je me dis que je commence à apercevoir la lumière au bout du tunnel. J'en profite pour réfléchir à tout ce qu'il vient de m'arriver, sur ces années de privation de liberté, sur cette expérience que je ne souhaite à personne. Je comprends que, finalement, je suis quelqu'un de privilégié. Dans mon malheur, dont je suis le seul et unique responsable, j'ai de la chance. À Maltepe, avec toutes ces nationalités réunies, j'ai pu côtoyer des gens qui, eux, n'ont vraiment pas été aidés par la vie. Je me souviens d'un détenu qui s'est retrouvé là pour transport de stups, comme moi. Un Africain qui a été obligé de faire la mule car il n'avait pas d'argent pour soigner ses enfants. Il s'est fait prendre et, comble du malheur, il a appris leur mort en prison, car le dispensaire dans son village n'était pas équipé et les médecins sur place n'ont rien pu faire pour les sauver. Et moi, pourquoi j'étais là ? Parce que je voulais des belles voitures, du fric, une maison. On n'est pas dans la même problématique, on en est même très éloigné. J'étais, je suis encore, un privilégié. Je m'en suis rendu compte en passant du temps avec tous ces gens originaires de pays pauvres, en voie de développement. Moi, l'ambassade venait me voir, pas souvent mais régulièrement, mon frère aussi, il me ramenait des vêtements, des livres, de l'argent. J'ai même fini par être transféré. Finalement, c'est ce genre d'expérience qui permet de prendre conscience qu'ici, en France, on est plutôt bien loti.

Je sais qu'une fois dehors, je ne remettrai pas le couvert. Le trafic de drogue, c'est définitivement terminé. Je le laisse derrière moi. Je suis vacciné. Il a bousillé dix ans de ma vie, il m'a éloigné de ma famille et a failli me tuer. Je l'ai choisi, j'y suis allé en toute conscience, c'était ma décision et je l'assume pleinement. Mais je ne le recommande à personne. Il est facile d'y entrer pour de mauvaises raisons, beaucoup plus difficile d'en sortir pour de bonnes.

Voilà dans quel état d'esprit je me trouve en mars 2017. Après quasiment six ans en Turquie et trois ans en France, je suis libre. Moins de dix ans sur les quinze pris au départ, ce n'est pas mal. Je pose un pied dehors en me jurant que plus jamais je ne retournerai en prison. Libéré. Délivré. Ou presque…

ÉPILOGUE

Fini les conneries. C'est ce que je me dis en quittant la prison de Villepinte. Mes frères viennent me chercher, ils m'attendent à la sortie. Je sens la satisfaction et la joie sur leur visage quand je passe la lourde porte. On file à la Goutte d'Or, chez ma mère. Elle m'accueille à bras ouverts, émue aux larmes après toutes les angoisses que je lui ai fait subir depuis maintenant près de dix ans. Elle est soulagée aussi de savoir son fils sain et sauf. Je suis un survivant, c'est vrai, mais combien d'autres sont mutilés, meurtris, voire ne rentrent jamais ? En revanche, si je suis content d'être enfin sorti, je ne peux pas dire que je suis véritablement heureux. Le plus dur m'attend à partir de maintenant et j'en ai bien conscience. Vais-je pouvoir me reconstruire après toutes ces années ?

Physiquement et psychologiquement, je pressens que la tâche va être dure. Est-ce que je vais pouvoir me réadapter, réintégrer la société, retrouver une vie ordinaire, me plier aux règles ? Ou est-ce que je ne vais pas pouvoir m'empêcher de les transgresser à nouveau ? Voilà les défis qui m'attendent.

En sortant, je ressens le poids de toutes ces années de détention. Si je fais le calcul, j'ai passé plus du tiers de ma vie enfermé. Joli score... J'ai « fêté » onze anniversaires en prison. Depuis que je suis sorti, j'oublie régulièrement ma date de naissance. Une sorte d'acte manqué, je suppose. Si on ne m'appelle pas ou si on ne m'envoie pas un message pour me le souhaiter, je n'y pense pas.

Je rentre donc chez mes parents. Retour au bercail. Finalement, le 18ᵉ arrondissement, c'est bien. La Goutte d'Or, c'est chez moi. Et c'est de là que tout doit recommencer. J'ai bien l'intention de reprendre ma vie en main. D'autant qu'à peine dehors, j'apprends une nouvelle qui va venir chambouler pas mal de choses. Une jeune femme avec qui j'avais eu une histoire d'amour bien avant la Turquie me contacte.

— Tess, tu es papa d'une fille.

Le ciel me tombe sur la tête. J'ai passé quasiment dix ans en taule et, à peine sorti, je me retrouve père. Celle-là, je ne m'y attendais vraiment pas ! On s'est rencontrés de manière classique. À l'époque, elle vient souvent voir une amie qui habite dans ma rue, on se croise, sans véritablement se parler ou se connaître. Mais elle me plaît bien. Un jour, je suis allé la voir, on a commencé à discuter, à se fréquenter et notre relation a commencé. Elle a duré six mois. La rumeur disait que j'étais un dealer et elle m'a confronté pour savoir si ce que disaient les gens dans le quartier était fondé. Je ne suis pas un « pia », un menteur, alors j'ai confirmé. « Oui, je vends de la drogue. » Elle m'a dit qu'elle ne voulait pas de ça, qu'elle était contre ce mode de vie et on s'est séparés. Je n'ai plus eu de nouvelles de sa part jusqu'à cette fameuse annonce de paternité.

Ce que je n'arrive pas à comprendre à ce moment-là, c'est pourquoi elle me dit ça maintenant, alors que je viens tout juste d'être libéré ? Je veux bien croire que c'était compliqué de me contacter en Turquie, mais pourquoi ne l'a-t-elle pas fait quand je suis revenu en France ? J'ai un doute. Pour le lever, il n'y a qu'une seule solution : faire un test de paternité.

C'est ce que je propose et je me retrouve en Belgique pour un test ADN. J'essaie de ne pas trop y penser en attendant les résultats. Pas le temps de tergiverser, ils arrivent rapidement. Positifs ! Je suis bel et bien papa d'une jeune fille qui a aujourd'hui quinze ans et j'en suis ravi. Au moment où je l'apprends, je me dis surtout qu'il va falloir assumer, même si je ne vis plus avec la mère, et apprendre à la connaître. On y travaille à deux, petit à petit, depuis quelques années.

Le problème, c'est que le retour à la vie « normale » après autant de temps en détention est très difficile. Je me doutais que j'allais devoir batailler ferme pour reprendre le cours d'une existence plus classique. Mais que c'est dur. Car, en réalité, on devient accro. Le trafic de stups provoque une adrénaline, une dépendance très forte, qu'on peut comparer à la bigorexie pour le sport. C'est ce que j'ai découvert en me penchant sur la question : le fait que, malgré l'épuisement physique le plus total, on n'arrive pas à arrêter de pratiquer une activité sportive. Le cerveau sécrète des endorphines et on ne sait plus pourquoi on continue. Dans le monde du crime organisé, c'est la même chose. Il est très compliqué de tout stopper d'un coup. Même si on a toutes les meilleures raisons du monde de se dire qu'on abuse, qu'on en fait trop, on ne peut s'empêcher d'y retourner. Et le pire, c'est qu'on ne le fait plus pour l'appât du gain, on le fait juste comme ça, pour ne pas s'ennuyer, pour que notre vie ne soit pas plate et monotone. C'est une raison de vivre, un truc difficile à expliquer.

Mais le fait d'être père change la donne. J'ai pris conscience que je devais me soigner, que cette recherche permanente d'adrénaline est une maladie. Il fallait que je me calme. Après la Turquie, j'allais faire quoi ? C'est bon, stop. J'ai trente-huit ans au moment où on écrit ces lignes, mais dans ma tête, j'en ai vingt-huit. Il me manque dix ans de vie. Je ne pourrai jamais les rattraper, j'en suis parfaitement conscient. Mais je vais tout faire pour vivre les dix, les vingt, bref, toutes les suivantes, toutes celles qu'il me reste, à fond. La seule différence, c'est que je me tiendrai éloigné du trafic de stups. Et de tout le reste. J'ai définitivement banni les mots drogue et prison de mon vocabulaire. Car si c'était à refaire, jamais je n'y retournerais. Le trafic de stups gâche ta vie (il a bien bousillé la mienne) et celle des consommateurs. Il pourrit la vie des familles de ceux qui achètent et de ceux qui vendent. Avec la came, on ne gagne jamais. Il n'y a que quatre issues : la mort, la prison, la folie ou la cavale. Quoi qu'il arrive, la fin sera toujours dramatique. Je ne comprends pas comment on peut fantasmer sur cette vie dans laquelle, à tout moment, tu peux tout perdre. Une vie remplie de stress, d'anxiété, de tragédie. Une vie qui t'empêche de retrouver ta place dans la société. Une vie qui te laisse des stigmates permanents et bien des séquelles, visibles et invisibles. Être en prison, finalement, c'est comme être enterré vivant et voir qui vient jeter des fleurs sur ta tombe.

Aujourd'hui, c'est le retour du Tess d'avant, celui des mangas et des jeux vidéo, celui qui pouvait se promener dans le quartier de la Goutte d'Or avec ses potes sans avoir à regarder derrière lui, sans risquer de se faire interpeller. Je compte bien mettre en pratique à partir de maintenant ce que dit un auteur que j'aime beaucoup, Mark Twain, qui explique que le seul moyen de vivre une vie heureuse est de se détacher de son passé douloureux, non pas en l'oubliant, mais en en tirant des leçons. Cela me paraît une bonne manière de clôturer ce chapitre de ma vie et d'en entamer un nouveau. Je regarde devant moi. Le ciel est dégagé. Tout est au beau fixe.

LEXIQUE

Le monde du trafic de stups et de la rue dans lequel a évolué Tess a ses propres règles, ses codes, mais aussi son vocabulaire. Mélange de verlan et d'argot, de mots inventés, imagés. En voici quelques exemples.

Quecin : cinq grammes
Visser (ou placer) : effectuer une transaction de drogue
Gueuch : toxicomane
Kette : galette de crack
Coffrer le pilon : s'insérer des boulettes de drogue dans l'anus pour passer les contrôles
Vilci (ou vlyce) : flic en civil
Fer (ou gamos) : grosse voiture
Pesa : vêtements
Faire du papier : faire de l'argent

Zipette : coke
Sess : drogue, came, coke
Pilepse (ou squatteur) : amateur de jeux vidéo
Chrome : faire un crédit
Pia : menteur
Penave : téléphone
Tarper : pistolet
Racli : meuf
Tossma : matos de drogue
Jacter : trop parler
Karav : bourré
Tailleder : vendre au détail
Meuj : gramme
Se faire plier : se faire arrêter par la police

REMERCIEMENTS

Tess : merci à ma famille pour son soutien durant les moments les plus durs et tout au long de ce projet, point de départ d'une nouvelle vie, à Marc Fernandez, qui a su mettre des mots sur mon histoire, à Geoffroy Dongala, Kurt Ekou, Sabrina Bagga, Nathjoy Freire de Carvalho, Harmouch Brahim, Akira Diaks, Iamini Kadiake, Mao, Adama Loeuf, Antoine Robin, Emannuel Perrot, Sophie de Closets, Bertrand Pirel, Sophie de Lombarès, Bakary Sakho, Mendes Rockhaya, Hugo Delhoume, Frédéric Monvoisin, Pierre Miriel, Vincent Caumontat, Doumbia Oumou, Catherine Sagnelonge, Marion Ducros, Georges André Tabet et Hamidou Asmahane.

Marc : à Tess pour sa confiance, à Lilas Seewald pour l'accompagnement et les encouragements, à Sophie de Closets, Bertrand Pirel et Antoine Robin d'avoir pensé à moi pour raconter cette histoire folle et, bien sûr, à Sophie, Léa et Diego, pour m'avoir supporté durant l'écriture.

COPYRIGHT CHANSONS

TABLE

Imprimé en France par CPI
en mars 2025

Cet ouvrage a été mis en pages par

<pixellence>

N° d’édition : 645671-0
Dépôt légal : avril 2025
N° d'impression : 182896